― 書き下ろし長編官能小説 ―

淫らママのとりこ

九坂久太郎

JN047961

竹書房ラブロマン文庫

目次

第一章　お隣ママさんの密かな夢　5
第二章　美しき恩師との再会　46
第三章　文学教師の性癖　86
第四章　コスプレ熟女の恥じらい　118
第五章　愛母の真実　166
第六章　淫らな旅の夜宴　204
エピローグ　245

この作品は、竹書房ラブロマン文庫のために
書き下ろされたものです。

第一章　お隣ママさんの密かな夢

1

「ま……まあまあ、房恵《ふさえ》さん、そう怒らないでください」

松井直人《まついなおと》は、L字型ソファーの斜め隣に腰かけている女性——横山《よこやま》房恵をなだめようと懸命に試みていた。

房恵は、同じマンションの住人で、しかも松井家のお隣さんである。直人の両親と房恵は、直人が生まれる前からの付き合いだと聞いている。直人自身も、幼い頃からいろいろとお世話になっていた。

今、房恵はプンプンと腹を立て、とっておきの缶入り高級クッキーを猛烈な勢いで消費している。

(やれやれ、こんなに不機嫌な房恵さんを見るのは初めてだな……)

事の発端は――房恵の娘であり、直人と同い年の幼馴染みである里沙《りさ》に彼氏が出来たことだった。

東京の大学に通う里沙は、ひと月ほど前から、バイト先で知り合った年上の男と付き合い始めたという。人生初の彼氏が出来た里沙はすっかり舞い上がってしまい、シフトが別々の日にも職場に顔を出し、彼の仕事が終わるまで健気《けなげ》に待ち続け、毎日のようにデートを重ねているらしい。

二月の今、大学は春休みに入り、里沙は夢のような日々を過ごしている。一日一日が記念日で、長期休暇といえど、帰省をする暇もないそうだ。

しかし、普段は温和な房恵が、これに腹を立てる。

春休みに帰省しないからではない。房恵には、ずっと昔から心に決めていた、娘の彼氏候補がいたのだ。それが直人だった。

「あの子が、直くんと結婚するのが、私の昔からの夢だったのよ。それなのに、どこの馬の骨とも知らない男に、その夢を壊されちゃうなんて……もう、がっかりだわ」

失意のどん底とばかりに、房恵は深い溜め息をこぼす。

彼女は、昔から直人のことを我が子のように可愛がってくれていた。

両親の事情により、幼い頃の直人は、母親のいない日々を過ごしていた。父親が仕事に出かけている間、直人は家で独りぼっちになってしまう。そこで、直人の母親と仲の良い房恵の元に預けられるのが常となっていた。

そうやって直人と里沙はまるで兄妹のように育った。幼い頃の里沙は、「ママは、あたしより直人の方が可愛いんでしょう」と、よく拗《す》ねたものである。それくらい房恵は直人に優しかった。

中学生の頃だったろうか。房恵は直人にこっそりと打ち明けてきた。「私ね、昔から男の子が欲しかったの」「男の子が生まれるまで頑張るつもりだったんだけど、その前に夫が亡くなっちゃったから――」「直くんが里沙と結婚してくれれば、義理だけど私の子ってことよね？」

そのときは冗談だと思っていたが、その後の房恵は、直人と里沙がくっつくことを望んでいるような態度を匂わせ続けた。

そして、がっくりと肩を落としている今の彼女を見るに、やはり相当に本気だったようである。

「すみません、僕がいけないんです。同じマンションに住んでいて、幼稚園から小中高と、学校もずっと一緒だったのに、今まで告白できずにいたんですから」

「直くんがおとなしい子なのは知っていたけど……そんなに奥手だとは思わなかったわ。ほんとはとっくに里沙と付き合っていて、私に隠れてイチャイチャしてるんだと思ってた」

「それは、その……すみません」

恨めしそうな視線を受けて、直人は謝ることしかできなかった。

(そりゃあ、僕だって、いずれはちゃんと告白しようと思っていたさ)

だが、それは純粋な恋愛感情ではなかった。直人には、幼馴染みの里沙の他に、想いを寄せている女性がいたのだ。

しかし、その女性への恋心は決して報《むく》われない。直人の想いは絶対に受け入れてもらえないだろう。少なくとも直人はそう思っている。

だから、その叶《かな》わぬ想いを断ち切るため、最も付き合いが長く、最も仲の良い女の子である里沙と恋人同士になろうと考えていた。

だがそれは、自分勝手な都合で里沙を利用するようなものである。そんな後ろめたさがあるため、これまでずっと告白を先延ばしにしてきたのだ。

(まあ、これで良かったのかもしれない。里沙は可愛いし、好きか嫌いかでいったら間違いなく好きなんだけど……やっぱり僕にとっては妹みたいなものなんだよな)

一緒にいてドキドキと胸をときめかせるようなタイプではない。直人の好みはもっと大人っぽい女性なのだ。それも告白を躊躇《ためら》わせた理由だった。

「ああ……これからなにを楽しみに生きていけばいいのかしら」

缶の中のクッキーが空になると、房恵は再び溜め息をこぼす。

「そんな大袈裟《おおげさ》な……房恵さんだってまだまだ若いんだから、房恵さん自身が素敵な男性とお付き合いして、再婚したっていいじゃないですか」

房恵は未亡人だった。夫を喪《うしな》ってもう十年になる。

「若いって……もう四十二よ」房恵は自嘲気味に鼻を鳴らした。「私と結婚したがる男の人なんて、寝たきりになったときに介護してくれる人を探しているおじいちゃんくらいじゃないかしら」

「そんなことないですよ。房恵さん、とっても綺麗《きれい》だし、優しいし――婚活とかしたら、二十代、三十代の男性にも、きっとまだまだモテると思いますけど」

それはお世辞ではなかった。四十を過ぎても顔に目立った皺《しわ》はなく、その輪郭は柔らかなカーブを描きながら、美しく整っている。

垂《た》れ目がちな瞳には親しみやすさがあり、その下のぷっくりと膨《ふく》らんだ涙袋はいかにも情が深そう。男が思わず甘えてしまいたくなる美貌の持ち主だった。

「まあ、直くんったら……本気でそう思ってくれてる？」

「ええ、もちろん」

少々大袈裟に頷《うなず》いてみせる。

と、房恵の表情がやわらぎ、ようやく微笑《ほほえ》みを見せてくれた。

「そっかぁ……ふふふっ、少し元気が出てきたわ」

空《から》になったクッキーの缶を手にして、房恵はソファーから立ち上がる。「ごめんなさい、一人で食べちゃって。なにか代わりのものを持ってくるわ」

キッチンに消えた房恵は、ビスケットやチョコレート菓子を器に載せて戻ってきた。冷めてしまった珈琲《コーヒー》も淹《い》れ直してくれる。

「ありがとうね、愚痴を聞いてくれて」房恵はまたソファーに腰を下ろした。「直くんだってショックだったのよね。告白する前に振られちゃったんだから。それなのに私を慰めてくれて……ほんとにあなたっていい子だわ」

「い、いやぁ……そんなことないですよ」

あなたの娘と付き合うことで叶わぬ恋を忘れようとしていました——とは言えず、直人は苦笑いを浮かべてうつむいた。

すると房恵の手が伸びる。直人は、よしよしと頭を撫でられた。

「気を落とさないでね。私にできることなら、なんでもしてあげるから」

まるで子供のようにあやされ、直人はちょっとばかり気恥ずかしくなる。

ただ、彼女の言葉に、大人の女性ならではの艶《なま》めかしい響きを感じ、ドキッと胸を高鳴らせた。

（なんでもしてあげる——か）

直人はつい、彼女の胸元に目をやってしまう。

そこは大きく盛り上がっていて、ゆったりとしたニットセーターにもかかわらず、ありありと胸の形が浮かび上がっていた。さながら、セーターの内側にメロンを二つ隠しているかのようである。

幼い頃からよく知っている膨らみだが、未だに、しばしば目を奪《うば》われた。

ハッと我に返って、慌てて豊満な胸元から視線をずらす。が、時すでに遅し。

「直くんったら……今でも私のオッパイが気になっちゃうのね。ときどき、こっそりと見ているでしょう？」

房恵ははにかみ、しかし、まんざらでもないという感じで微笑んだ。

気づかれていたのかと、直人の顔がカーッと熱くなる。「……す、すいません」

房恵はクスクスと笑った。「いいのよ、男の子だもの。これだけ大きければ、おばさんのオッパイでも、つい見たくなっちゃうわよね」

「い……いや、だから……房恵さんは、おばさんなんかじゃないですって」

直人はうつむきながらも、ぼそぼそと反論した。

するとまた彼女が笑う。うふふっと、嬉しそうに。

「……じゃあ、触ってみる？」

「え……？」

顔を上げると、彼女の頰《ほお》も少し赤く染まっていた。

「私のオッパイで直くんが元気になれるなら、少しだけ触らせてあげる」

でも、服の上からよ――と言い、房恵は立ち上がる。

窓際《まどぎわ》に寄って、カーテンを閉めた。この部屋はマンションの二階にあり、道路を挟んだ向かい側には、同じ高さの家々が建ち並んでいる。良からぬことをするなら、覗《のぞ》かれないように気をつけなければならない。

そろそろ夕方が近い時間。日差しを遮《さえぎ》られたリビングダイニングは途端《とたん》に暗くなる。部屋の灯《あか》りをつけて、房恵はソファーに戻ってきた。

L字型ソファーの角を挟み、斜め向かいに再び腰を下ろす。上半身を直人の方に向け、膝が触れ合う距離まで腰をずらしてくる。

そして背中を反《そ》らし、ボリュームたっぷりの膨らみを突き出してきた。

（えっ……い、いいのか？）

躊躇《ちゅうちょ》する直人。が、これほどの巨乳を差し出されれば、牡《おす》の本能が理性を上回るのに大した時間はかからなかった。

おずおずと手を伸ばし、左右の膨らみに掌を被《かぶ》せる。

そっと力を入れて鷲づかみにし、驚きに目を見開いた。

（オッパイって、こんなに柔らかいんだ……）

様子をうかがいながら、直人は徐々に強く揉《も》んでいく。房恵は咎《とが》めない。

「小さい頃の直くんも、私のオッパイが大好きだったわ。落ち込んだり、悲しいことがあると、このオッパイによくすがりついてきたのよ……うふふっ」

「ほ、本当ですか……？」

まったく覚えがなかった。

掌《てのひら》の記憶を呼び覚まそうと、さらに揉む。編み目の細かいハイゲージニットの胸元に掌を滑らせ、円を描くように撫でさする。

「あっ……んん」

房恵の身体がピクッと震えた。驚いて直人が手を止めると、

「ううん、なんでもないの……続けて」

はにかみ混じりの苦笑いを浮かべる房恵。直人の心臓が大きく拍動する。

ゴクリと唾《つば》を飲み込み、再び掌に意識を集中させた。

片手にはとても収まらないほどの巨乳。揉めば揉むほど興奮は高まる。

しかし、同時に不満も募《つの》っていった。ブラジャーというものは思った以上にごわごわしていて、掌に伝わる感触のノイズとなっているのだ。

心なしか鼻息の乱れてきた彼女に思い切って尋ねてみる。

「あの、直《じか》に触っちゃ駄目ですか……?」

「えっ……それは……ふ、服の上からって言ったじゃない」

「そうなんですけど……やっぱり、どうしても直接触ってみたくなっちゃって」

上目遣いでじっと見つめる。房恵は直人に甘く、昔からお願い事をして断られたことはない。

(けど、今回はどうだろう。さすがに無理かな……?)

ドキドキしながら待っていると、やがて房恵は悩ましい声を上げた。

「ああん、そんな捨てられた仔犬みたいな目で見ないで」

そして、観念したように溜め息をつく。「……わかったわ。じゃあ、ちょっとだけ後ろを向いていて。いいって言うまで、こっちを見ちゃ駄目よ？」

「は、はいっ」直人は急いで回れ右し、視線を外した。

背後で、房恵がソファーから立ち上がる音。そして衣擦《きぬず》れの音。彼女が服を脱いでいる姿が脳裏に浮かぶ。股間のものが疼《うず》きだす。

やがて、房恵が言った。「も……もういいわよ」

緊張感に膝が震え、すぐには動けなかった。ゆっくりと身体を元の向きに戻す。

だが、房恵の姿は、直人の思い描いていたものとは違った。

（あれ……脱いでない？）

直人の前に立つ房恵は、先ほどと同じようにニットセーターを身につけている。てっきり裸になっていると思ったのに――怪訝《けげん》な気持ちで彼女を見ていると、胸元の膨らみに違和感を覚えた。

そこだけは、さっきまでとなにかが違っている。その答えは、房恵の方から教えてくれた。

「セーターの下は全部脱いだから、裾から手を差し込んで……ね」

気がつけば、ソファーの隅《すみ》にインナーらしき衣服がたたんである。その上に載っているのは薄いピンクのブラジャーだった。

（じゃあ、セーターの下は……）

直人もソファーから立ち上がる。彼女のセーターの裾をそっとめくり上げ、出来た隙間から右手を、次いで左手を差し入れた。

掌が、なめらかな女の肌に触れる。ニットセーターに蒸されたのか、微《わず》かにしっとりとして、そして温かい。

彼女の腹部から、両手をさらに進入させていくと、指先がついに肉房に到達した。

（下乳……！）

セーター越しとは違う、混じりっ気なしの乳房の感触。その柔らかさは、指先が容易にめり込む。

直人はますます興奮し、もはや遠慮も忘れて掌いっぱいに乳肉を包み込んだ。勢い良く生乳房を揉み始める。

これほどのボリュームを誇りながら、その手触りはまるで泡のように儚《はかな》かった。

衣服の上から触っていたときとは雲泥の差の揉み心地。ただ揉んでいるだけで、まるで心が癒やされていくようである。

「ああ、掌がとっても気持ちいいです。ねえ、房恵さん……このオッパイは何カップですか？」

Ｆカップやグラビアアイドルと見比べても、房恵の巨乳は負けていない。そのサイズはいかほどのものだろう？　と、昔から気になっていたのだ。

すぐには答えてくれなかったが、直人がまた上目遣いで見つめると、房恵は悩ましく身をよじり、

「あぁん、わ、わかったわ……Ｉカップよ」

「Ｉカップ!?　す、凄いですね……！」

驚きと感動に、直人の手はますます力強く揉みしだく。死ぬまでにＩカップの巨乳を揉むことができる男は、この世にどれだけいるだろう。実に誇らしい。

そして、そのボリューム以外にも、直人を高ぶらせるものがあった。

掌の下で、柔らかな肉房とは対照的に、少しずつ硬さを増しているものがある。膨らみの頂点にある突起物。間違いなく乳首だ。

親指と人差し指で軽くつまむと、房恵がビクッと身震いする。

「くうっ……そこ、私、とっても弱いの……」

眉根を寄せた彼女の表情がなんとも艶めかしく、直人の頭に血が上る。

左右の乳首を指先で転がし、こね回した。みるみるうちに肉突起はコリコリとした感触になる。房恵の声も妖しく乱れる。

「あぁっ……ダ……ダメェ……ジンジンするぅ」

直人は、せっせと乳肉を揉み、乳首をいじり倒した。セーター越しに見るその様子は、まるで五本足の生き物が、乳房にまとわりついて蠢《うごめ》いているかの如くである。

と、セーターの上から、不意に房恵が掌を重ねてきた。

だが、もうやめてと言ってくるわけではない。

「直くんの手……昔はあんなにちっちゃかったのに、もう立派な大人の男の手ね」

いつの間にか、房恵の瞳には情欲の炎が灯《とも》っていた。

「オッパイの触り方も、あの頃とは全然違う……女を感じさせる触り方だわ」

そして彼女の手が直人の股間に伸びる。

「ああ……ここもこんなに大きくなって」

陰茎は今やすっかり充血し、ズボンの中で窮屈《きゅうくつ》そうに突っ張っていた。房恵はそれを優しくさすり、ズボンごと掌で包み込んで揉んでくる。

(う……おおっ……房恵さんが、僕のチ×ポを……!?)

愉悦《ゆえつ》のさざ波に直人は腰を震わせた。負けじと乳いじりを加熱させる。下乳をすくい上げて、左右にタプタプと揺さぶった。

「やぁん、乳首が……ああっ、セーターの裏側に擦《こす》れるぅ」

すると房恵は、とうとうファスナーを下ろしてきた。手間取りながら若勃起を引っ張りだし、その大きさに目を見張る。

「え、え、凄い、おっきい……直くんったら、オチ×チンもこんなに逞《たくま》しくなってたのね。まるでお馬さんみたい」

「そ、そうですか……？」そう言われると悪い気はしない。

直人自身、己《おのれ》のペニスのサイズには密かに自信を持っていた。ただ、今日のペニスは、いつもよりもさらに大きく見える。フル勃起状態で、十八センチ近くあるだろう。

もしかしたら、初めて生乳房に触れたことで、男としてのなにかが目覚めたのかもしれない。日本刀の如く反り返っている様《さま》は、自分でも見惚《みと》れてしまいそうなほど、実に雄々しかった。

「長くて……それに太いわぁ。私の手首くらいありそうよ」

房恵は、肉棒を逆手でそっと握ってくる。そして手筒を緩《ゆる》やかに往復させ始めた。

「あっ……ふ、房恵さん、そんなことしたら……」

「いいでしょ？　直くんだって、私のオッパイにエッチなことしてるんだから……あん、オチ×チンってこんなに硬くなるものなのね。鉄みたいだわぁ」

彼女の興奮を表すように、手筒の動きがみるみる加速させていく。

直人も、ＡＶで学んだ知識を元に、彼女の乳房と乳首に反撃を加えた。乳肉に指を食い込ませて揉みほぐす。乳首をつまんで引っ張る、左右にねじる。

「ひいっ……や、やっぱり、誰かにしてもらうのって気持ちいいぃ……あっ、あっ、乳首、そう、それ、たまらないのっ……！」

頬を朱に染め、居ても立ってもいられない様子で腰をくねらせる房恵。

が、やはり直人の方が、牡の急所を握られているだけに分が悪かった。柔らかな女の掌で竿や裏筋を擦られ、今や鈴口《すずぐち》からはドクドクと透明な汁が溢《あふ》れ出している。

（ううっ……じ、自分でしごくのとは大違いだ）

射精を予感させる甘い痺《しび》れが、肉棒の芯から湧き起こる。

直人は震える声で告げた。「ふ、房恵さん、もう、出ちゃいそうです……！」

すると房恵は、男が射精することをすっかり忘れていたかのように戸惑いの表情を浮かべる。しかしそれは一瞬のことで、止まりかけた手筒はまた勢いを取り戻し、彼女はこう答えた。

「……いいわよ。好きなだけ出して」

「えっ……で、でも、このままだと房恵さんの服に……！」

飛び散る精液は、彼女の服だけでなく、部屋の床をも汚してしまうだろう。足下にはラグマットが敷かれているので、フローリングより後始末が大変だ。

それでも房恵の手擦りは続いた。むしろ、より激しく肉棒をしごき立てる。溢れたカウパー腺液が潤滑剤《じゅんかつざい》となり、ヌチャヌチャと淫《みだ》らな音を響かせた。

ぬめりを帯びた摩擦感に追い詰められ、直人は、食い縛った歯の隙間から呻《うめ》き声を漏《も》らす。

「うぐううっ……も……もう駄目です……出るっ……！」

ニットセーターから両手を引き抜き、とっさにペニスの根元を握り締めた。込み上げてきたものをなんとか食い止める。

しかし、わずかに時間を引き延ばしたに過ぎなかった。

「は、早く、ティッシュかなにかをっ」

少しでも手を緩めれば、その瞬間に白き奔流が噴き出すことだろう。

だが、房恵は一歩も動かなかった。ただ、その場でしゃがみ込む。

青筋を浮かべた肉棒が、ちょうど彼女の目の前にくる形となる。

（ふ、房恵さん、なにを……!?）

彼女は朱唇を開き、カウパー腺液にまみれた亀頭を――パクッと咥《くわ》えた。

思いも寄らぬ彼女の行動に直人は唖然《あぜん》とする。気が緩み、せき止められていたものが一気に尿道を駆け抜けた。

「アッ……ううぅッ！」

強烈な愉悦と共に、彼女の口内にザーメンをぶちまける。

いけないと思っても、いったん始まった射精は止めようがなかった。ビクッビクッと腰が勝手に痙攣《けいれん》する。そのたびに白濁液《はくだく》が注《そそ》ぎ込まれる。

「あっ……ああっ……ご、ごめんなさい……くうぅっ」

房恵は、水鉄砲の如きザーメンに一瞬目を丸くしたが、その後は平然と射精を受け止め続けた。リビングダイニングの静寂《せいじやく》に、コクッ、コクッと、彼女の喉《のど》から微《かす》かな音が響く。

（飲んでる……!?　房恵さんが、僕の精液を……！）

やがて精液を飲み尽くすと、房恵は静かにペニスを吐き出した。

ふぅ――と、吐息を漏らす。眼差しはどこか虚《うつ》ろで、ぽってりした唇のヌラヌラと濡れ光る様がなんとも艶めかしい。

大量の精を放ったのに、若き生殖器官は未だ力感をみなぎらせていた。房恵はそれをしばらく見つめ、ぼそりと呟くように尋ねてくる。

「直くん……女の子とエッチしたこと、ある？」

「えっ？」突然の問いに戸惑う直人。「な、ないですけど……？」

「……そうよね。女の子と付き合ったことないんだものね」

媚《こ》びるように小首を傾《かし》げ、ひざまずいたまま、房恵は熱い視線で見上げてくる。

「初めての相手が私じゃ、嫌……？」

直人は、すぐには答えられなかった。それは彼女に不満があるからではない。

突然巡ってきた童貞卒業のチャンスに躊躇したのだ。青年男子として、一日も早く初セックスを体験してみたいと思っていたが、それが今日だとは思っていなかった。

だが、すぐに心は決まった。

「房恵さんがセックスさせてくれるっていうなら――僕、とても嬉しいです」

これまで幼馴染みの里沙に告白しようとしていた自分が、今はその母親とのセックスを望んでいる。はなはだ無節操だとは思うが、房恵のような大人の女性の方が、同い年の里沙よりもずっと直人のタイプなのだから仕方がない。

「本当に……？　もっと年の近い、若い子じゃなくていいの？　同じ大学に、可愛い子がいっぱいいるでしょう？」

「僕にとっては、房恵さんの方が遥《はる》かに魅力的ですよ」

「まあ……」

房恵の顔が紅潮する。嬉しそうに細めた瞳は微かに潤んでいた。

立ち上がって、直人の手を優しく握ってくる。

「じゃあ……来て、私の寝室へ」

2

直人は、幼馴染みの里沙の部屋には、彼女が東京に行ってしまうまで何度も足を踏み入れている。

しかし、房恵の部屋に入るのはかなり久しぶりだ。幼稚園に通っていた頃以来だろうか。室内に入ると懐《なつ》かしい空気を感じた。仄《ほの》かに甘い香りが鼻腔をくすぐる。

寝室というだけあって、ベッド以外に置かれた家具は、化粧台と、小物やサボテンの鉢などが置かれたオープンラックくらいだった。どちらも見覚えがある。

だが、最も記憶に残っていたのは、室内の三分の一強を占めているダブルベッドだった。小さい頃は、今よりさらに大きく感じたものである。

（このベッドで、房恵さんと里沙と僕で、川の字になってよく昼寝をしたな……）

微笑みを浮かべ、直人は言った。「このベッド、まだ使っているんですね」

「ええ、一人で寝るにはちょっと大きすぎるけれどね。でも、なんとなく捨てられないのよ」

そう言って、房恵は遠い眼差しになる。おそらく、亡くなった旦那のことを思い出しているのだろう。

しかし、すぐに瞳は情火の輝きを取り戻した。掛け布団や毛布をたたんで、ダブルベッドの隅に追いやり、

「じゃあ、直くん……脱いで」

直人に背中を向けて、自らもニットセーターから脱ぎだす。すでにインナーはないので、生肌がすぐさま剝《む》き出しとなった。

スカートを下ろして現れたのは、アラフォーらしくしっかりと実った豊臀。尻たぶが、深穿《ふかば》きタイプの厚手のパンティにすっぽりと包み込まれている。房恵は恥ずかしそうに言い訳をした。「あの、まさかこんなことになるなんて思ってなかったから……ごめんなさい、色気がなくて。今の季節はお尻が冷えるから……」

セクシーさとは無縁《むえん》の下着を見られる方が嫌なのか、房恵は素早くパンティをずり下ろし、熟《う》れた女尻を露《あら》わにする。

パンティに次いで靴下も脱ぎ、すっかり裸になると、房恵はおずおずと直人の方に

振り返った。ようやく見ることのできた巨乳に、直人は感嘆の声を上げる。

「うわぁ、やっぱり凄い迫力ですね……！」

巨乳よりも爆乳と呼ぶ方がふさわしいだろう。ブラジャーをしていたときに比べ、肉房がやや左右に広がり、ハの字のようになっている。

が、重力の影響を感じさせるその形が、熟れて柔らかくなった果実を思わせ、なんとも扇情的だった。脂《あぶら》の乗り切った女体によく似合っている。

そして肉房が大きければ、膨らみの頂上にある突起も大きかった。未だ充血しており、人差し指の先ほどもあるそれは、色は濃いめの褐色で、これまでに散々いじられてきたのだろうと想像させる。

「あぁん、直くんったら……そ、そんなに見つめないで」

房恵は両手で乳房を覆《おお》い隠した。ならばと、視線を下ろす。

ウエストのくびれは緩やかだが、その分、腰は豊かなカーブを描いている。そこから、ムッチリとした太腿へと繋《つな》がっていた。

出産経験もあるせいか、そのプロポーションには、年齢をうかがわせる部分がなくもない。だが――

肉厚の女体は、完熟期を迎えた女ならではの色香をまとっており、ただ若いだけの娘たちとは比べものにならないほどに牡の情欲を煽《あお》り立てた。

ズボンの中にしまうタイミングを失っていた肉棒は、隆々とそそり立ちながら逸《はや》る思いに身を震わせ、精液混じりの先走り汁を早くもダラダラと垂らしている。

（あぁ……房恵さんの身体、エロすぎる……！）

そして、童貞男子の最も気になる部分である、彼女の股間のデルタ地帯では、恥毛がなかなかに茂っていた。目を凝《こ》らせば、黒々とした毛の一部が、濡れて恥丘に張りついているようにも──

房恵が、片方の手で股間を隠し、直人を睨みつける。「も、もうっ、そんなにジロジロ見るなら、電気消しちゃうわよ！　直くんも早く裸になって！」

「は、はいっ」

窓のない部屋なので電気を消されたら真っ暗である。せっかくの爛熟ボディを見られなくなってはたまらないと、直人は慌てて目を逸《そ》らした。上も下も手早く脱ぎ捨て、自らも丸裸となる。

房恵がダブルベッドに上がり、直人も後に続いた。

（ここで房恵さんは、旦那さんにいっぱい抱かれたんだろうな。そんなベッドで……これから僕が、房恵さんとセックスするんだ）

背徳感に血をたぎらせ、仰向《あおむ》けに横たわった彼女の足下に腰を下ろす。

「えっと……じゃあ、まずは前戯をするんですよね？」

「う……ううん、必要ないわ。もう充分よ」

どうやら、先ほどの乳首いじりで、女体の準備はすっかり整ったようである。

房恵は両膝を立てて、おずおずと左右に開いていった。

肉の亀裂が徐々に広がり、女体の中心がついにあからさまとなる。

（オ……オ……オマ×コだっ）

割れ目を彩る小陰唇には、思っていたほど皺もよじれもなかった。濁りの少ない朱色の花弁で、ビラビラの縁《ふち》だけがやや褐色を帯びている。

まるでローストビーフの切り身のようだと、直人は思った。しっとりと濡れた様子は肉汁を浸《し》み出させているかのよう。

女陰を直に見るのは、これが初めてである。ネットの無修正画像とはレベルの違う生々しさに感動と興奮を覚え、もっとよく見たいと顔を近づける——が、房恵の手が、再び割れ目を覆い隠してしまった。

「だ、だから、そんなに見ないでっ」房恵は耳まで赤くしていた。「若い頃は、色も形も……もっと綺麗だったのよ？　でも、今は……」

「今も別に変じゃないですよ。それによく見ないと、僕、初めてだからどこに入れたらいいのか……」

「だ、大丈夫よ、私に任せてくれれば。さあ、オチ×チンを前に出して」

言われたとおりにすると、房恵は手を伸ばし、肉棒の先をつまむ。

彼女に導かれ、亀頭がニュプッと肉溝に埋まり、一番深いところにあてがわれた。

そこよ、来て——と、房恵が言う。

濡れた媚肉の感触が、早くも亀頭に心地良かった。

生唾を飲み込んで、直人は何度か深呼吸をする。大学入試のとき以上に緊張する瞬間だった。彼女の脇腹の横に両手をつき、わずかに身を乗り出し、意を決して、腰に体重をかける。

ズブズブッと、肉棒が膣穴に沈み込んだ。

女蜜に蕩《とろ》けた膣肉が、亀頭に、雁首《かりくび》に絡《から》みついてきて、直人はその愉悦に息が止まりそうになる。

「ウッ……く、くくうっ……！」

想像以上の肉悦にひるみそうになるも、己を鼓舞して腰を押し進めた。濡れた摩擦感がペニスの幹を這い上がっていく。

十八センチ近くもある巨砲が、どんどん女体の中に呑み込まれていき——根元をわずかに残したところで、ついに亀頭が肉路の終点にぶつかった。

「あ、あぁん、奥まで来た。やっぱり大きいわぁ」

房恵は、M字に開いたコンパスを小刻みに震わせる。

「ねえ……直くん、ゆっくり動いてね。私、久しぶりだから」

「わ……わかりました」

言われるまでもなかった。もし今、勢い良く腰を振ったら、直人の方が先に音《ね》を上げる。それこそ三擦《みこす》り半《はん》で漏らしてしまうだろう。

緩やかなストロークで慎重に動き始めた。それでも、ぬめりを帯びた膣襞《ちつひだ》が、腰を押すごとに、引くごとに、ざわざわと男根の急所をくすぐってくる。手淫《しゅいん》とは別次元の愉悦に直人の呼吸は乱れていった。

(これがセックス……僕は今、房恵さんとセックスをしているんだ)

この愉悦は紛《まぎ》れもない本物だが、しかし、房恵と交わっているという事実には、今でも夢を見ているような気分にさせられる。

幼い直人が望めば、いつでも抱っこしてくれた。お昼寝中におねしょをしてしまっても決して怒らず、バスルームで綺麗に洗ってくれた。そんな彼女が、直人のピストンで艶めかしく腰を蠢かせている。あられもなく嬌声を上げる。

「ああっ、き、気持ちいいわぁ……あぅん、はうぅん……直くんのオチ×チン、おっきいだけじゃなくて……か、形も素敵いぃ」

「ううっ……か……形、ですか？」

「ええ……上向きに、こう、反っているから……アソコの気持ちいいところに、グイッと当たってくれるの……お、おおぉ」

童貞上がりの拙《つたな》いピストンでも、なかなかに感じてくれている様子である。

だが、それ以上に直人は追い詰められていた。つい先ほど、手コキで吐き出したばかりなのを身体は忘れてしまったのか、挿入からほんの数分で射精感が限界を超えかけていた。

（ヤバイ、ヤバイ……うおぉ、き、来てるっ）

せっかくの初セックスなのだから呆気《あっけ》なく終わらせたくはない。

それでも直人は、いったん射精感を鎮《しず》めようとはしなかった。蜜肉でペニスを擦るあまりの気持ち良さに、嵌《は》め腰を止められなくなっていたのだ。

「ふ、房恵さん……このまま中に出しちゃっても、い、いいんですか？」

「え……？　ええ、大丈夫だから、いつでも好きなときに……あ、あふぅ」

「じゃあ、ぼ、僕……もウウウッ!!」

中出しの許しを得た瞬間、熱いものが尿道を駆け抜ける。これまでに経験したことのない強烈な絶頂感が背筋を貫《つらぬ》き、直人は跳ねるように腰を反らした。

ビュビューーッ、ビュッ、ビュルルルルゥ！

「あ、あっ、出てるぅ、凄い勢いでお腹の奥に当たってるぅ」

房恵は喉を晒《さら》して媚声を上げる。射精のリズムに合わせて、ヒクッ、ヒクッと、女体を震わせる。

幼い頃からよく知っている、もう一人の母親ともいえる女性。その彼女の中に子種を注ぎ込む、白濁液で汚すという行為は、禁忌を犯したような昏《くら》い興奮を直人にもたらした。射精は長く続く。

やがてザーメンを出し尽くすと、なんともいえぬ疲労感を覚え、房恵の胸に倒れ込んだ。乳肌はほんのりと汗に湿っており、胸の谷間からは甘い香りが漂《ただよ》っている。巨乳を枕に喘《あえ》ぎながら、直人は熟れた女の匂いを胸一杯に吸い込んだ。そして、初セックスによるオルガスムスの余韻にしばし酔いしれる。

「……ふぅ……直くん、よく頑張ったわね」

房恵の手が、直人の頭を優しく撫でた。我が子を褒める母親のような手――。

「ふふっ……童貞卒業、おめでとう」

「あ……ありがとうございます」

引き延ばさず射精したことに後悔はなかった。

しかし、呼吸が整い、余韻が鎮まっていくごとに、房恵をイカせていないことが気になってくる。

女を知ったばかりの自分には過ぎた願いなのかもしれない。それでもやはり、初めての相手となってくれた房恵に、できる限り悦《よろこ》んでもらいたかった。

なにより、直人のペニスは、未だ彼女の中で力感を保っているのだから。

乳枕から顔を上げると、再びセックスの態勢に入った。よく肥えた太腿を両手で抱え込み、

「僕、まだできます。まだしたいです。いいですよね？」

「え……い、今すぐにっ？　少し休んだ方が……あ、あうぅんっ」

返事を待たずに、直人は腰を振り始める。

二度の射精を経て、さすがに若勃起にも余裕が出てきた。先ほどよりは長持ちするだろう。直人は少しずつストロークを加速していく。次第にコツがつかめてきて、始めの頃よりは動きもスムーズになった。

「つ、続けてできるなんて、若いってすごいわぁ……あ、あ、奥、おくぅんっ」

雁高のエラで膣壁を引っ掻《か》き、亀頭で膣底をノックする。女蜜とザーメンが攪拌《かくはん》されて、グッチョグッチョと卑猥《ひわい》な音が響きだした。

「そう、それ、上手《じょうず》よぉ、直くん……ううっ、くぅんっ……もっと強くしても、大丈夫だからっ」

「こう、ですか？　奥にぶつかるのが、気持ちいいんですね？」

さらに力を込めて肉棒を繰り出す。鈍器の如き剛直が膣底を穿《うが》つたび、房恵の顔が愉悦に歪《ゆが》んでいった。

「あっ……あうっ……そう、好き、なのっ……おううっ」

より強く、より深く——直人は、未亡人の女穴を掘り返す。巨砲が根元までズッポリと埋まり、パァンッ、パァンッと、互いの腰がぶつかり合った。

激しさを増した嵌め腰は、ダブルベッドを軋《きし》ませ、女体を揺さぶる。

額に汗して肉杭を打ち込み続ける直人の目が奪われた。片方だけで顔と同じくらいの大きさになる爆乳が、タップンタップンと前後に揺れ動いていた。

直人は両手を伸ばし、双乳の頂《いただき》にある褐色の突起をつまむ。二本の指で押し潰し、引っ張り、右に左にねじりを加えた。

「はひっ……くううぅっ……オ……オチ×チン出し入れしながら、そこ、いじられると……もっと、もっとぉ、気持ち良くなっちゃううぅ」

悦びの反応として、膣口がキュッ、キュキュッと収縮し、ペニスの幹を小気味良く締めつける。

「おううっ……じゃ、じゃあ、こういうのはどうですか？」

女体の上に覆い被さった直人は、充血した乳首を舐《な》め上げた。

微かな塩味と、コリコリとした舌触り。それらを愉《たの》しんでから乳輪ごと咥え込み、頬が窪むほどに吸い上げる。

「はううぅ、それもいいわ。それも好きよぉ」

悶えながら房恵は呟いた。直くんにオッパイを吸われるの、久しぶり――と。

直人は、思わず乳首から口を離す。「久しぶり……？」

「ええ……直くんがちっちゃかったときに、私のオッパイを吸わせてあげたのよ」

まだ赤ん坊の頃から、直人はよく房恵に預けられていた。

直人の母は、十六歳の若さで直人を産んだという。しかし、赤ん坊の直人を育てることはできなかった。

なぜなら〝大学を卒業するまで直人には会わず、学業に専念する〟と、両親――つまり直人の祖父母と約束したからである。

その約束を果たさなければ、結婚することを許してくれなかったのだ。

そうして、母が大学を卒業するまで、父が直人を育てることとなったが、社会人だった父は、仕事の都合で半年しか育休を取ることができず、そして0歳児を受け入れてくれる保育園はなかなか見つからなかった。

育休が終わりそうになっても状況は変わらない。

そこで、父と母は相談の上で、母の年上の友達である房恵に、直人を預かってもらうことにしたのだ。

「知らなかった？　そういう話、聞いてない？」

「多少は……でも、それほど詳しくは聞いてないです」

子供に聞かせる話ではないと考えたのか、その当時のことを両親はあまり話したがらなかった。だから直人もあえて尋ねなかった。

しかし、まだ大学生とはいえ、直人も年齢上は二十歳の大人である。結婚を反対した祖父母の気持ちもわからなくはなかった。今さらショックを受けたり、誰かを恨んだりはしない。

「直くんを預かったのは、ちょうど里沙を産んだばかりの頃だったの」と、房恵は言った。「直くんは離乳食を始める時期だったけど、やっぱりすぐには食べてくれなくて、それで私のオッパイをあげていたのよ」

当然ではあるが、直人に赤ん坊のときの記憶などまるでない。

これほど見事な乳房に吸いついた経験があった――にもかかわらず、それを忘れてしまったとは、なんとももったいないと思った。

よだれでヌルヌルになっていた乳首を指でいじりながら、

「赤ん坊の僕にオッパイをあげて……そのときも今みたいに感じていたんですか？」

ほんの冗談のつもりだったが、房恵ははにかみながら小さく頷く。

「あ、んんっ……ちょっとだけね」

「え……本当に？」

「ええ……里沙に授乳するときは全然平気だったのに、直くんにオッパイをあげているときは、なぜだかエッチな気分になっちゃったのよ」

乳首の愉悦に鼻息を乱しつつ、房恵は微笑んだ。

「どうしてかしらね？　やっぱり……男の子だからかしら？」

「房恵さんがスケベだからじゃないですか？」

「いやぁん、そんなこと言わないで……はううっ」

昔の自分に負けないように、直人はさらに乳首をしゃぶり倒す。右も、左も。

そして、止まっていたピストンを再開した。大きなストロークで膣路を擦り立て、一番奥の肉壁に亀の頭突きを雨あられと喰らわせる。

「あぁーっ、あうぅ、お腹の中が……し、痺れるうぅ」房恵は髪を振り乱し、とうとう切羽詰まった声を上げた。「イッちゃう、イッちゃうわぁ、直くんにイカされちゃウウゥ」

女体はますます熱く火照《ほて》り、汗ばむ。胸の谷間や、腋の下から、甘ったるい媚臭が立ち上る。

シャワーすら浴びていないので、熟成されたフェロモンは濃厚だった。直人はクラクラとめまいを覚え、牡の本能を強く刺激される。

しかし──なにかとても懐かしい感情も同時に湧き上がった。

この匂いに不思議と安心する自分がいる。あるいは赤ん坊のときに、母乳を吸いながらこの匂いを嗅いだのかもしれない。

興奮と安心感という、相反する感情が頭の中で渦を巻いた。言葉にならぬ衝動に突き動かされ、直人は豊艶《ほうえん》なる女体にしがみつき、夢中で腰を叩きつける。

「うっ、んっ、ふっ、ふっ……あぁ房恵さん、房恵さん……!」

「あ、あ、十年ぶりのセックス、気持ち良すぎっ……な、直くん、私、イクから……もう少しだけ……ね？　頑張ってぇ」

「は、はいっ……うおぉおッ」

狂おしげに身悶える女体へとどめを刺すため、雄叫《おたけ》びを上げて嵌め腰に猛《たけ》る直人。結合部から淫水が飛び散った。ジュボッ、ジュボボッと、卑猥すぎる音が未亡人の寝室に響き渡る。

だが、全力のファックに、直人自身も追い詰められていた。

嵌めれば嵌めるほど、膣穴の嵌め心地は快美を増していったから。長年使われてこなかった肉路の壁がピストンによってほぐれてきたのだろう。柔軟に形を変え、ペニスに隙間なく張りついてくる。

裏筋や、雁首のくびれにまで、キュウッと吸いつかれるような感覚。完全密着による摩擦快感に、直人の前立腺は決壊寸前だった。

かといって、ここで抽送《ちゆうそう》を緩めたりすれば、女体が白けてしまうだろう。直人は肛門に気合いを入れ、力の限り、腰を振り続ける。膨れ上がった射精感が、もう後戻りできないことを告げた。

「おお……おっ……も、もう、ダメです……あ、あ、出るウウウッ!!」

本日三度目にして、なおも大量のザーメンを鈴口から噴き出す。

それでもピストンは止めず、射精しながら膣路の最奥を抉《えぐ》り続けた。片方の乳首にしゃぶりつき、もう片方の乳首を指でひねり上げる。

「ああっ、出てるのに、まだ続けてくれてっ……偉いわ、直くんは、本当に、頑張り屋さん……！　んおぉ、熱いのが奥に、ビュウビュウ当たってるぅ！　わ、わた、しも、イイイ、イッちゃうーッ！」

虚仮《こけ》の一念《いちねん》、岩をも通す——直人が最後のザーメンを注ぎ終えた瞬間、房恵の身体がビクビクビクッと痙攣した。

機械仕掛けの如く上半身が跳ね上がり、背中を弓なりに仰《の》け反《ぞ》らせる。

「イクーッ！　イク、イクッ、うううぅッ!!」

3

天井を仰ぎ、荒い呼吸に身体を揺らし続ける房恵。

セックスとは、こんなにも気持ちのいいものだったかしら？　と、信じられない思いだった。

（ああ……まさか、初めてセックスをする直くんにイカされちゃうなんて……）

夫を亡くしてからの十年間、指の一本もろくに差し込んでいなかった膣穴には、若牡の巨砲は刺激が強すぎたのだろう。

久々に味わった中イキ。身体が宙を漂っているような、アクメ後のなんとも言えぬ多幸感は、クリトリスによる手淫では決して導き出せぬものだった。

乳首は硬く尖り、ジンジンと痺れ続けている。三度の射精で若干体積を縮めた肉棒だが、その挿入感覚は、未だ腰の奥に甘い疼きをもたらしていた。

（癖になっちゃう……今後、直くんに迫られたら、きっと私、断れないわ）

ただでさえ、可愛い直人の願いならば、なんでも叶えてあげたい房恵である。深みに嵌まってしまう不安を覚え、ぐったりと乳房に顔を埋めている彼に尋ねる。

「ねえ、直くん……里沙以外に、誰か気になる女の子はいないの？」

直人に彼女が出来れば、この関係はきっと終わるだろう。寂しくはあるが、きっとその方がお互いのためだと、蘇《よみがえ》りつつある理性で考えた。

気だるそうに直人は顔を上げ、

「気になる人、ですか……？」ううんと首をひねり、やがて歯切れの悪い口調で答える。「まあ……まったくいない、というわけではないですけど……でも、絶対に無理なので、恋人になってほしいとかは全然考えてないです」

「無理って……あ、もしかして芸能人の子？　アイドルとか？」

「違います。一般の人です」直人は苦笑を漏らした。「ただ、僕のことを一人の男としては見てくれないだろうなって」

「子供扱《あつか》いされてるってこと？　直くんより年上の人なの？」

「ええ、まあ……そんな感じです」

「ふーん、念のために訊《き》くけど……私のことじゃないわよね？」

「え？　い、いや、房恵さんのことは好きですけど……ち、違いますっ」

「そ、そうよね」

房恵は少し残念に思う。そして、直人のことを相手にしないという、顔も知らぬその女に少々苛立《いらだ》ちを覚えた。

「だったら……強引にでも迫って、抱いちゃえば？」

「ええっ？」

「嫌われてるわけじゃないんでしょう？　ならもう、いきなり抱いちゃって、直くんが子供じゃないことを証明すればいいんじゃない？」

「そう上手《うま》くいきますかね……」

「いくわよ。だって私は、直くんに抱かれてびっくりしちゃったもの。あの直くんが、こんなに立派な大人になっていたんだって」

房恵の脳裏に昔の記憶が蘇る。幼い直人を預かっていたときの記憶が――。

気難しかった里沙は授乳にも一苦労だったが、直人は、素直に乳首を咥え、ゴクゴクと飲んでくれた。

まだろくにしゃべれず、よちよち歩きが精一杯の直人の面倒を見ているうち、房恵の愛情はどんどん深まっていった。

溢れる母性愛は今でもあの頃のまま。二十歳の青年に成長した彼が愛《いと》おしくてしょうがない。

そこに未亡人の欲求不満が加わった。溜まりに溜まった肉欲が母性愛と混ざり合い、いつしか倒錯した願望へと変化する。

直人に抱かれたい――と。

二十二歳も年下の彼に、娘の幼馴染みの男の子に欲情するなど、どうかしていると自分でも思う。だが、湧き上がる思いは抑《おさ》えられなかった。

オナニーで我が身を慰めながら、女陰をまさぐるこの指は直人の指だと想像した。いけないことだと思えば思うほど官能は高ぶり、煩悩は熟成されていった。

そして今日、とうとうたがが外れてしまったのだ。

しかし、こうして抱かれた今、不思議と罪悪感は湧いてこない。

運動会で一生懸命に走り抜いた直人を見届けたときのような——それに近い感情だった。加えて、彼の初めての女になれたことを、心から誇らしく思う。

(けど……こんな関係を長く続けたら、私だけじゃなく、直くんまで不幸にしちゃうかもしれないわ)

いつかは終わりにしなければいけない。ただ、すぐにやめられる自信はなかった。

しばらくは、この欲求不満の熟れた身体を慰めてほしいと思う。せめて、直人にちゃんとした彼女が出来るまでは——。

「本気でその人のことが好きなら、思い切ってやっちゃいなさい。ふふふっ、直くんのオチ×チンなら、大抵の女はメロメロになるはずよ」

房恵は、汗に濡れた巨乳の谷間に、直人の頭を優しく抱え込んだ。

「女を抱く練習なら、私がいくらでも付き合ってあげるから……ね？」

「……ふぁ、ふぁい」

乳肌にすっぽりと顔を埋め、直人は少し苦しげに返事をする。

房恵は腕を緩めるが、それでも直人は、乳肉の狭間《はざま》に鼻面《はなづら》を突っ込んだままだった。

スーッ、ハーッと、深呼吸をしている。「……あぁ、いい匂い」

膣内の肉棒がヒクヒクッと痙攣した。苦笑いを浮かべながら房恵は考える。

（それにしても、直くんの好きな人って、どんな人なのかしら……？）

大人の女性で、直人を子供扱いする——幼い頃から彼を知っている房恵は、ふと、ある人物に思い当たる。

が、いやいやとかぶりを振った。

（まさか、あの人のわけはないわよね）

第二章　美しき恩師との再会

1

「それじゃあ、いってきます」と、パンプスを履きながら直人の母が言った。

大学が春休みの直人は、さっきまで自室のベッドでゴロゴロしていたが、玄関まで出向いて母を見送る。「いってらっしゃい、母さん」

今は午後一時過ぎ。直人の母の貴子《たかこ》は、音楽教室でピアノの講師をしており、いつもだいたいこの時間に出勤していた。貴子は、子供よりも大人の生徒を主に担当しているという。大人というのは、つまり仕事帰りのサラリーマンたちだ。

子供の頃にやめてしまった楽器をまた練習したい、新たな趣味として弾《ひ》けるようになりたい——と、大人向けの音楽教室には結構なニーズがあるらしい。

直人の聞いた話では、貴子のレッスンを受けている生徒には年配の男性が多く、大企業の部長や取締役クラスの者もいるという。お偉いさんの彼らが、二十歳、三十歳も年下の貴子の言うことを素直に聞いて、練習に励んでいるそうだ。

「みんな熱心でわがままを言ったりしないから、子供の生徒よりやりやすいわ。きっと自分の意思で練習しに来ているからでしょうね」と、貴子は言っていた。

しかし、その者たちがただ純粋にピアノの練習をしに来ているのか、直人には少々疑問だった。下心があるのではないかと、つい勘ぐってしまう。

なぜなら貴子は、息子の直人ですら見とれてしまうほどの美人だったから。

やや吊り上がった瞳は切れ長で、大きな黒目がつややかに煌《きら》めいていた。まつげは長く、マスカラいらず。そして凜《りん》とした表情は、人にものを教える職業にいかにも似合っていた。

子供の頃、悪戯《いたずら》をしてお説教を受けている間など、〝お母さんは怒っていても綺麗だ〟と、よく思ったものである。迫力のある吊り目はもちろん怖かったが、怒り方にも気品があり、そしてきちんと謝れば。その後の微笑みはとても優しかった。

三十六歳にして、まるで二十代のように溌剌《はつらつ》とし、それでいてアダルトな色気も醸《かも》し出している。落ち着いた大人らしい雰囲気だけでなく、貴子のプロポーションはとても魅惑的だった。

以前、たまたま母の下着を目にしてしまったことがある。そのとき、ブラジャーのタグのサイズ欄に記されていたアルファベットは〝G〟だった。

小学生のとき、よく母に市民プールに連れていってもらったが、彼女の水着姿を見た男たちは、皆一様に前屈みになっていった。今では一緒にプールや海へ行くこともなくなったが、もしまた彼女の水着姿を目にしたら、直人も股間を鎮めていられるか自信がない。

そんな美しい母が、玄関まで見送りに来た息子に向かって、いかにも嬉しそうな笑顔を浮かべた。

「いってきます——と言える相手がいるっていいものね」

母一人、子一人の家族である。直人の父は十年前にこの世を去っていた。

直人の父と、お隣さんの房恵の夫は釣り仲間で、特に夜釣りを好んでいた。魚がかかるまでは、ビールを飲んで待つのが常だったという。

十年前のある夜、二人は磯釣りに出かけ、どうやら酔った弾《はず》みに海に落ちてしまったらしい。二人同時だったのか、それとも片方が転落して、もう片方が助けるために飛び込んだのか、それはわからない。ともかく、二人とも溺死体として発見された。

父がいなくなってからは、母である貴子が頑張って働き、家計を支え、直人の大学の学費も払ってくれている。

かつての貴子は、まだ無名ながらもピアノ演奏者としてアーティスト活動をしていたが、夫の死をきっかけに、それらをすっぱりとやめて、ピアノ講師として働きだしたのだ。そのことを直人は、少なからず心苦しく思っている。

せめてバイトをして、自分の小遣いくらいは稼ごうかと思ったこともあるが、しかし貴子に反対された。バイトで勉強が疎《おろそ》かになったらどうするの？　お小遣いはちゃんとあげるから、しっかり勉強しなさい——と。

「うん、わかるよ」と、直人は頷いた。「いつもは、僕が母さんに、いってきますって言ってるからね」

大学が休みの間だから、この時間に出勤する母を見送ることができるのである。

直人は心から母に感謝していた。母が喜んでくれるなら、こうして見送りをするくらい軽いものだ。嬉しそうな母を見て、つい調子に乗ってしまう。

「じゃあ、いってらっしゃいのキスをしてあげようか？」

「え……？」

すると貴子の顔が、みるみるうちに赤く茹《ゆ》で上がった。

「そ、そんな……キスなんて……」

困惑した表情でうつむいてしまう。そして沈黙。

直人は慌てた。「や、やだな、冗談だよ。そこは軽く流してくれないと」

「あ……そ、そうよね」

美貌に安堵の色を浮かべる貴子。「も、もう、親をからかうんじゃありません」

額をペチンと叩かれて、直人はハハハとぎこちなく笑う。貴子は、今日も帰りが遅いことを告げ、そして出かけていった。

閉じた玄関の扉越しに、遠ざかっていく微かな足音を聞きながら、直人は長い吐息を漏らす。心臓がまだドキドキしていた。

(危ない危ない、僕の気持ちがばれちゃうかもしれなかった……)

直人には気になる女性がいる。初恋の人であり、今でも好きでたまらない。

その相手が、母である貴子だった。

気づいたときには彼女を異性として意識していた。優しく美しい母の存在に、悩ましい思春期を過ごした。頭の中で彼女を汚し、どれだけの精を吐き出したことか。

無論、こんな想いは諦めなければならないと、今では理解している。

幸い、もう一人の母ともいえる房恵が、昨日、直人の倒錯した情欲を多少なりとも満足させてくれた。房恵との交わりが代償行動となり、いずれは貴子への想いも、純粋な家族愛へと変わっていくに違いない。

(房恵さんも、僕とするのを楽しみにしているみたいだし……でも、さすがに昨日の今日で、またセックスをお願いするのは、ちょっと気が引けるな)

若い直人の性欲は、一晩寝ればすっかり回復した。今日のところはオナニーで我慢するしかないかと考える。

だが、このときの直人はまだ知らなかった。

この先、オナニーをする余裕など、すっかりなくなってしまうことを——。

2

それから二時間ほど、直人は読書に耽《ふけ》った。

ミステリー小説のクライマックスにハラハラし、エピローグのどんでん返しで度肝《どぎも》を抜かれ、心地良い疲労感を覚えながら本を置いた。

時刻は午後三時。小腹が空いたので、少々早いが夕食の弁当を買いに行き、ついでにスナック菓子でも調達してこようと思った。直人は読書が好きで、春休みの間に読んでしまいたい本はまだまだ山積みである。

ダウンジャケットを羽織って外に出た。二階の外廊下を、二月の冷たい空気に首をすくめながら歩いていると、マンション前の道路に二トントラックが停まっているのが見えた。テレビのCMなどで見たことのある引っ越し業者のトラックである。

一階まで外階段を下りると、女性の後ろ姿が見えた。引っ越し業者の男性二人組に向かって、「どうも、ご苦労様でした」とお辞儀をしている。二人組はトラックに乗り込んで走り去っていった。

(引っ越してきた人か。挨拶とかした方がいいのかな?)

若い女性のようだった。軽く興味を引かれ、直人は近づいていく。

女性の背中に声をかけようとしたとき、向こうがこちらへ振り返った。三十歳前後の彼女の顔を見て、直人は声を上げそうになる。見覚えのある顔だった。

線の細い、清楚《せいそ》な雰囲気の彼女は、ゆっくりとした動作でお辞儀をしてきた。

「こちらのマンションの方ですか? 私、今日引っ越してきた——」

そこまで言うと、直人の顔を見て、彼女はハッとする。

「え……もしかして、松井くん……?」

「は、はい」と、直人は頷いた。「お久しぶりです、玉川《たまがわ》先生」

「まあ……まさか、引っ越した先で松井くんに会えるなんて」

彼女は胸に手を当て、静かに驚いていた。

この女性のことを、直人はよく覚えている。中学二年生のときの担任教師で、名前は玉川真紀《まき》といった。

こうして顔を合わせるのは、直人が中学校を卒業して以来である。真紀は、ここが直人の住んでいるマンションだとは夢にも思っていなかったらしく、しばらくの間、言葉を失っていた。いくら担任教師とはいえ、受け持った生徒の住所をいちいち覚えてはいないのだろう。それに六年も前のことだ。

(すぐに気づいたってことは、僕のこと、わりと覚えてくれてたんだな)

直人にとっても、真紀は強く印象に残る存在だった。ゲームと漫画くらいしか興味がなかった直人に小説の面白さを教えてくれたのは彼女である。

保健委員や、体育委員など、中学校にはいろんな委員会があり、各クラスからそれに所属する生徒を数名ずつ選ぶわけだが、その選び方はくじ引きだった。〝興味のないことにも挑戦して、新しい自分を見つけてほしい〟という校長の方針らしい。そして、まさに読書にあまり興味のなかった直人が、図書委員になってしまった。

書架整理班に割り当てられた直人は、毎日、渋々と本棚の整理を行った。そんな直人に、図書委員会の顧問でもあった真紀がよく話しかけてきた。本が、特に小説が大好きな彼女の話を聞いているうち、直人も少しずつ本を読むようになる。彼女の薦《すす》めてくれた本はどれも直人を夢中にした。

中学三年生になり、担任教師が替わっても、真紀との交流は続いた。

卒業式に彼女から贈られた本を、直人は今でも大切に持っている。

「先生、お元気でしたか？」

「ええ……松井くんも元気そうね。もう大学生？」

「はい、二年生です」

「そう、大きくなったわね。あの頃は小学生に見えるくらいの身長だったのに」

「ははは……まあ、なんとか平均に近いところまでは成長しました」

「立派になったわ」と言って、真紀は目を細めた。

どこか儚げな微笑み方は、あの頃と一緒である。当時から真紀は物静かな女性で、どことなく憂いを帯びた表情をしていることが多かったため、〝根暗っぽい〟〝頼りなさそう〟というレッテルを貼られ、生徒からはあまり人気がなかったようだ。

だが、直人は密かに魅力を感じていた。やや地味な印象はあれど、上品な細い眉、低いながらも整った鼻筋、少女の愛らしさを思わせる小振りな唇と、真紀はなかなかの和風美人だったのである。その美しさに気づくと、伏し目がちな瞳や、左目の下に二つある泣きぼくろが妙に色っぽく見えた。

（あの頃の先生は、確か二十六歳だっけ？　だとすると、今は三十二か……）

陰のある美貌と、三十路《みそじ》を越えた大人の雰囲気がマッチし、落ち着いた艶《つや》やかさに磨《みが》きがかかっていた。直人は顔が熱くなるのを感じ、そっと目を逸らす。

と、真紀が言った。「あ……松井くん、これからお出かけなんでしょう？　ごめんなさい、引き留めちゃって」

「い、いえ、別に急ぎの用事じゃないですから。お菓子と晩ご飯を買いに、ちょっとスーパーまで行こうかなと」

「そうなんだ。松井くん、一人暮らしなの？」

「いえ、そういうわけじゃないですけど」

母の貴子が仕事から帰ってくるのは、だいたい夜の十時過ぎ。なので直人は夕食を、弁当の類いを買ってくるか、あるいは外食でいつも済ませていた。たまに自分で作ることもあるが、レパートリーは目玉焼きか茹で玉子、ハムを載っけたインスタントラーメン、後は冷凍チャーハンをフライパンで炒めるくらいである。

「ふぅん、そう……」真紀はしばらくなにかを考えている様子だった。それから、ポンと手を叩く。「じゃあ、そのスーパーまで、私も連れていってくれない？　まだこの辺りのお店とか、よく知らないの。お礼に、晩ご飯をご馳走してあげるから」

「え……い、いいんですか？」

スーパーに案内するくらい、お安いご用だ。その程度で夕食をご馳走してもらうなど、直人の方が恐縮してしまう。だが、

「いいのよ。一緒に食べてくれる人がいた方が、私も嬉しいから。じゃあ決まりね」

半ば強引に決められてしまった。こんなに積極的な真紀を見るのは初めてである。

直人は少々戸惑いながらも、彼女を連れて歩きだした。

道々、互いの現状を話し合う。真紀は、今度の四月から、新しい学校で教鞭を執《と》るらしい。引っ越しをしたのも、それが理由だという。

「学校から近い方が通いやすいけれど、プライベートな時間に、生徒や保護者さんと顔を合わせるのは、いろいろと……面倒なのよ。だから学区外で、それなりに近いところのマンションやアパートを探したの」

「それが、たまたまあのマンションだったんですね。なんだか……」

運命的ですね――と言いかけたが、ナンパの文句みたいだと気づき、直人は言葉を濁した。

十五分ほど歩き、駅前の商店街を軽く案内する。それからスーパーに入った。

「私、どちらかといえば中華が得意なんだけど、松井くん、食べたいものとかある？」

「そ、そうですね、えーっと……」

そんな話をしながら店内を歩いていると、まるで同棲カップルか、新婚夫婦のような気分になってくる。

未だ母への想いを捨てきれずにいる身だが、それはそれ、これはこれ。六年前よりさらに魅力的になった真紀を横目でチラチラと眺め、どうにも胸がときめいてしまうのを抑えられなかった。

マンションに戻ると、直人はしばらく自室で待つ。真紀の部屋は段ボール箱が山積みで、まずはそこから調理器具を引っ張り出さなければならなかった。直人は手伝うと言ったが、真紀はそれを丁寧に断った。

スーパーでポテトチップスを買ってきたが、そんなもので小腹を満たすわけにはいかない。せっかく真紀が手料理を振る舞ってくれるのだから。

午後六時。そろそろだなと、一階の彼女の部屋へ向かい、インターホンを鳴らした。

ドアが開き、彼女の微笑みに出迎えられる。

「いらっしゃい。今、ちょうど出来上がったところよ。さあ、上がって」

「お……お邪魔します」

少しばかり緊張しながら、彼女の部屋に足を踏み入れた。

リビングダイニングの壁に沿って、数える気をなくすほどの段ボール箱が積まれていた。真紀が、ほかほかと湯気を立てる料理の皿を運んできて、部屋の中央にあるローテーブルの上に並べていった。

「ごめんなさい、キッチンテーブルはこれから買う予定なの。松井くんはソファーの方に座って」

ローテーブルを挟んで、ソファーと、椅子代わりの段ボール箱が置かれている。

「僕が段ボール箱の方でいいですよ」

「ううん、松井くんはお客さんなんだから、遠慮しないで。さあ、食べましょう」

メイン料理は、オイスターソースを使った鶏の中華風唐揚げ、それにピーマンたっぷりの青椒肉絲《チンジャオロース》だった。スーパーで「どっちが好き?」と尋ねられたので、「どっちも好きです」と答えたら、真紀は両方作ってくれた。

得意と言っていただけあって、どちらも驚くほどに美味《おい》しい。店で食べる中華料理にも負けていなかった。とろみのある玉子スープは胡椒《こしょう》の利き方が絶妙だし、白いご飯は、水気が適度に飛んでいて、心地良い歯応えと共に米の甘みが口の中に広がる。

「凄く美味しいです。あの、ご飯をお替わりしてもいいですか？」

「ええ、いっぱい食べてね」

あまりの美味しさに、直人は、二人分の皿の半分以上をペロリと平らげてしまう。

真紀は、心から嬉しそうに直人の食べっぷりを眺めていた。

「いいのよ、もっと食べて。私は、作るのは好きだけど、食べる量は少ないの」

満足して食事を終えると、二人で思い出話に花を咲かせた。

気がつけば夜の九時になっていた。あまり遅くまで女性の部屋に居座り続けるのは良くないだろうと、直人はお暇《いとま》することにする。

「それじゃあ、本当にごちそうさまでした。あ、引っ越し荷物の片付けとか、力仕事があったら、なんでも言ってください。春休み中はほとんど暇ですから」

「う……うん、ありがとう」

真紀の微笑みは、いつもの憂いを帯びたものになっていた。直人の食べっぷりに喜んでいたときとは、なにかが変わったようである。

しかし、直人に思い当たるところはなかった。怪訝に思いつつ、玄関に続く廊下を歩いていく。

と、不意に後ろから腕をつかまれた。

振り返ると——直人の胸に真紀が飛び込んできた。

「えっ……せ、先生っ？」

直人の背中に腕を回し、ギュッと抱き締めてくる真紀。「……あのね、言ってなかったけど、私、結婚してたの」

思いも寄らぬ告白に、直人は混乱する。「け、結婚って……じゃあ、旦那さんがいるんですか？　だったら、こんなことしちゃまずいじゃないですかっ」

「今はいないの」真紀は、ぼそりと呟いた。「二年前に、亡くなったの」

真紀は二十九歳のとき、仕事を辞めて結婚したという。相手は同僚の教師だった。

しかし、結婚生活はほんの一年しか続かなかった。夫が交通事故でこの世を去ってしまったのだ。

「私ね、昔からどちらかというと寂しがり屋だったの。だから、あの人と一緒に暮らした一年間はとても安心できたわ。毎日、幸せだった」

その夫が亡くなって、真紀は昔以上に寂しがり屋になっている自分に気づいた。

「あの人のことは……今でも愛しているわ。けど、いくらあの人のことを思い出しても、寂しさが募るばかりなの」

直人を抱き締める腕に力が籠《こ》もる。必死にすがりついているようだった。潤んだ瞳が、間近から直人の顔を見つめてくる。

「お願い、もう少しだけ一緒にいて……」

「わ……わかりました」

未だ頭の中の混乱は続いているが、直人は真紀を受け止めた。

母の貴子、そして房恵——愛する夫を喪った女性のことはよく知っている。その悲しみを察すると、ここで真紀を突き放すことはできなかった。

とはいえ、直人は聖人君子ではない。華奢《きやしや》でありながらもほどよく柔らかい女体の感触に、胸元に押しつけられた膨らみの弾力に、心臓の高鳴りを禁じ得なかった。熱い血が全身を巡り始める。

ありがとう——と言って、真紀の顔が近づいてきた。左目の端にある二つの泣きぼくろに意識が奪われる。

アッと思ったときには、唇と唇が重なっていた。

唖然とする直人の口内に、すぐさま彼女の舌がヌルリと侵入してくる。こちらの舌を見つけると、まるで交尾を求めるナメクジのように、擦《す》り寄り、絡みついてきた。

ヌチャヌチャと、舌同士の交わる音が、頭の中で木霊《こだま》する。

くすぐったいような、ゾクゾクするような、初めて体験する愉悦が舌粘膜に走った。

直人はどうしていいかわからず、鼻息を乱しながら立ち尽くす。

「んぷっ……松井くん、キスは初めて？」

「は、はい……すみません」

なすがままの舌に、キス経験のなさが表れていたのだろう。直人は恥ずかしくなるが、真紀はゆっくりとかぶりを振った。

「私の方こそ、ごめんなさい。松井くんのファーストキスを勝手に奪っちゃって。でも、我慢できなかったの」

「い、いえ、それは構わないです」

直人も首を横に振る。びっくりはしたが、初めてのキスの相手が真紀だったことに後悔はない。母への恋心は未だ燻《くすぶ》っているが、しかし、すでに房恵とはセックスまでしているのだから。

「本当？」真紀は、潤んだ瞳で嬉しそうに微笑んだ。「じゃあ、もう一回してもいい？」

「え、ええ」

真紀の唇が迫ってくる。再び直人の唇に触れる。柔らかい。

小振りの朱唇が、直人の下唇を挟んだ。唇だけでムニュムニュと揉み、歯を使わずに咥えて引っ張る。甘やかなくすぐったさと共に、直人の下唇がプルンと弾けた。

そしてまた、真紀の舌が滑り込んでくる。驚くほど長い舌だった。歯茎や舌の付け根だけでなく、上顎の裏側まで舌先でくすぐられた。

（ああ……キスって、気持ちいい）

真紀の唾液《だえき》が、舌を伝って流れ込んでくる。ねっとりとしたその液体は、温かく、仄かに甘かった。小さな気泡をいくつも含《ふく》んでおり、まるで粒入りの果実ジュースを飲んでいるような喉越しである。

直人も、彼女の口内に舌を差し入れて、精一杯、真似してみた。なかなか上手くできないが、その都度、真紀が、こうするのよとばかりに、また手本を見せてくれる。

少しずつコツをつかみ、直人の舌の動きは、だんだんとなめらかになっていった。

「んっ……んむっ……ううぅん……」

真紀は、切なげでありながら喜びを滲《にじ》ませた呻き声を漏らす。コクッ、コクッと喉を鳴らし、躊躇うことなく直人の唾液を飲んだ。

と、直人を抱き締めていた腕が、不意に離れる。

次の瞬間、股間を撫で上げられる快美感が走った。彼女の掌だ。

「ぷふうっ……せ、先生っ……!?」

「ああ……松井くんったら、やっぱりここをこんなに大きくしていたのね」

ズボンの中では、すでにペニスが八割近く怒張していた。気づかれないように腰を引いていたのだが、真紀にはお見通しだったようだ。ズボンの硬い膨らみを熱心に擦られる。

それから真紀は、その場にひざまずき、驚くほどの手際の良さで、ズボンを膝までずり下ろした。ボクサーパンツも道連れである。バネ仕掛けのように、若勃起が飛び出した。

「え、え……こんなのって……す、凄いわ」

普段は物静かな彼女が、目を丸くして屹立に見入る。

「松井くんのオチ×ポ、こんなに大きかったのね。ああ、なんて逞しいの」

直人の方も、真紀の口から出てきた淫語に驚いた。

(オチ×ポって、なんてイヤらしい言い方だろう)

しかし、直人にとっての予想外はまだまだ続く。真紀は、今や完全勃起を果たした巨砲に小さく整った鼻を近づけ、犬のようにクンクンと鼻を鳴らし、牡の恥臭にうっとりと頬を緩めた。

「松井くんの……男の子の匂い……はぁ、好き……」

それから長い舌を伸ばして、反り返った竿の裏側にぺったりと貼りつける。アイスキャンディを舐めるように、レロンと舌を這わせた。

「おううっ……せ、先生、なにをするんですかっ……!?」

ぬめりを帯びた粘膜による愛撫に、直人は困惑しつつも裏筋を引き攣らせる。

真紀は返事をせず、瞳はじっと直人の顔を見据え、ペニスの根元に指を絡ませながら、舌先でチロチロと裏筋をなぞった。長い舌の蠢く様は、まるで蛇のようである。

「れろれろっ、ねろっ……ねえ、あなたのこと、名前で呼ばせてくれる？　直人くんって。あなたも、私の名前で呼んでいいから」

「え……？　な、なんで今、そんなことを……お、おおおッ」

またも返事はもらえなかった。真紀は、控えめな口を精一杯に広げ、丸々と肥大した亀頭にぱくっと食いついた。ズルリ、ズルリと、肉棒を呑み込んでいく。

デカマラの半分ほどが、やがて真紀の口内に隠れてしまう。すると彼女は、首を前後に揺らし始めた。朱唇でキュッと締めつけ、緩やかなストロークで幹をしごく。途端に想像以上の愉悦が走り、直人は膝を戦慄《わなな》かせた。

「せ、先生……うぐ、ううぅっ」

すでにセックスを体験している直人であっても、初めてのフェラチオは衝撃的だった。房恵に咥えてもらったことはあれど、あのときはすぐに射精してしまったので、とてもフェラチオと呼べるような行為ではなかった。

真紀の舌と唇がペニスの急所を責めてくる。温かく湿った舌が蠢き、亀頭や裏筋を絶え間なく擦り立てた。落ち着いた口調でしゃべる彼女にとって、これほど活発に舌が動くことは他にないのではないかと思われる。

そして、寄せては返す波のように往復する唇。雁首のエラにひっかかるたび、おちょぼ口の唇が一瞬めくれそうになり——その様子がなんとも卑猥だった。

(あの先生が、フェラチオをするなんて……)

白百合の如き清楚な彼女が、牡の生殖器に淫らな口愛撫を施《ほどこ》している。

信じがたい光景だった。しかし、ペニスを滑る心地良い摩擦感は、これが間違いなく現実であることを物語っている。

フェラチオがこんなにも気持ちいいとは思っていなかった。房恵としたセックスにも劣らぬほどの肉悦である。いや、もしかしたら、真紀の口唇愛撫が上手すぎるのかもしれない。

舌の広いところで亀頭に唾液を塗りたくり、尖らせた舌先で裏筋を小刻みに擦り立て、そして朱唇のストロークはまるで啄木鳥《きつつき》のように速くなっていった。的確に男を追い詰めていく動作の数々。ペニスをしゃぶり慣れている証《あかし》としか思えなかった。

（先生が、そんな人だったなんて……）

心の中の真紀のイメージが崩れ落ちていく。だが、幻滅はしなかった。

清らかな女性だと思っていたからこそ、今の真紀の姿になおさら興奮した。頬を赤くし、陶酔した瞳で直人の顔をじっと見上げ、なんとも旨そうに肉棒をしゃぶっている。排泄《はいせつ》器官でもあるペニスが、先ほどキスを交わしたばかりの彼女の口に出たり入ったりしている。牡の情欲を狂わせる、淫猥極まりない有様だった。

「あ、ああ……先生っ」

「ん、んふっ……んむ、んぶ、ちゅぽっ……直人くん、名前で呼んでって言ったでしょう？　はむっ……じゅっ、じゅるるっ……ちゅぶ、ちゅむ、ふうぅん」

「ま、真紀先生……あ、あ……僕、もうっ」

尿道口から先走り汁が溢れ出し、射精感《せ》が迫り上がってくる。

カクカクと膝が笑って、立っているのも辛《つら》くなった。ズボンを半分だけ下げた状態で、脚がもつれ、身体が後ろに倒れかける。かろうじて向きを変え、廊下の壁に背中をぶつける。

その間も、真紀はペニスに食いついたまま決して離さなかった。直人は、さながら壁ドン状態で追い詰められ、口唇摩擦に責め続けられる。

「出ちゃいます、う、うう……このままじゃ、真紀先生の口の中に……！」

しかし、元担任教師の肉折檻《せっかん》は、激しさを増すばかりだった。

ペニスの根元に絡めていた指で輪っかを作り、しゃぶり切れていない部分にシコシコと手コキを施す。もう片方の手は、射精感によってキュッと収縮した陰嚢《いんのう》を柔らかく揉みほぐした。

「むちゅ、じゅるっ……っぽ、むぽ、じゅぼっ！　ふぅ、ちゅぶぶぶっ！」

そして、強烈な吸引力で肉棒を吸い立てる。凹《へこ》んだ頰の裏側が肉棒に張りつき、まるで膣穴を思わせるような摩擦感となった。

（い、いいんですね？　出しちゃいますよっ）

壁際に追いやられているので、直人に逃げ道はなかった。

下腹の奥から熱いものが込み上げ、一気に尿道を駆け抜ける。腰が跳ねた。剛直が深く突き刺さり、先端が真紀の喉を抉った。

「うおおっ、イ、イクッ……うううッ！」

「うぐぅ!?　ぐ、ぐぶっ、んぐっ……むぐぐぐッ」

真紀は目を白黒させる。大量のザーメンを、直人は彼女の喉に直接流し込んだ。目尻に苦悶の涙を滲ませていたが、しかし真紀は、ペニスを吐き出しはしなかった。亀頭を喉に嵌め込んだまま、なおも舌で舐め回し、指の輪で擦り倒し、直人の絶頂感を最後まで甘美なものにしてくれた。

3

やがて、ペニスの痙攣が治まる。真紀は舌で綺麗に舐め清めてから、ゆっくりとペニスを吐き出した。それから鈴口に唇を当てて、尿道内の残滓《ざんし》まで吸引する。幹の根元から何度も指でしごき上げ、最後の一滴《いってき》まで搾《しぼ》り出すという念の入りよう。

それが終わると、ようやく真紀は満足げに吐息を漏らした。

「ふう……直人くんの精液、濃厚だけど癖がなくて、とっても美味しい」

壁ドン状態から解放された直人は、壁に寄りかかったまま、ズルズルとしゃがみ込んだ。二月の今、玄関前の廊下はひんやりとしているが、直人の身体は未だオルガスムスの熱に火照っている。

「真紀先生のフェラチオ……も、物凄く、気持ち良かったです」

「本当？　ふふっ、嬉しいわ。ありがとう」

真紀は素直に褒め言葉と受け取った。瞳に情火を宿し、直人に擦り寄ってくる。

「ねえ、じゃあ……次は、私を気持ち良くしてくれる……？」

「は、はい……でも」

これほどの咥え上手にして、飲精すらお手の物の真紀——セックスの方もかなりの経験を積んでいると想像できる。一方、直人は昨日、童貞を卒業したばかりだ。

「僕、大した経験もないので、真紀先生を気持ち良くすることができるかどうか……」

「あ……ううん、そういう意味じゃないの。ごめんなさい、気にしないで」

真紀は、直人の手をそっと握ってきた。「私、直人くんに抱いてほしいだけなの。そうすれば、きっと一人の寂しさも忘れられると思うわ。それだけで充分よ」

「そ、そうなんですか……？」

「ええ」優しく微笑む真紀。だが、ふと、なにかを思いついたような顔になる。「でも……そうね、せっかくなら練習してみる？」

「え……れ、練習って？」

「もちろん、女を気持ち良くする練習よ」

真紀は、直人を連れてリビングダイニングに戻った。そしてカーディガンを、スカートを脱ぎ、ブラウスのボタンを外していく。直人の視線に恥じらいつつも、その手は止まらない。

ブラジャーもパンティも白だった。レース模様も上下でお揃いだ。真紀は昔から華奢な体型だったが、しかし三十路を越えて、控えめながらも腰や尻に脂が乗っていた。大人の色気が上品に漂っている。

靴下を脱ぎ、ついにブラジャーが外されると、お椀型《わんがた》の美乳が現れた。巨乳というほどではないが、男の目を惹《ひ》きつけるには充分な膨らみである。おそらくはDカップ辺りか。

慎ましやかに熟れ肉をつけた太腿――その上をパンティが滑り落ちれば、股間の丘が露わとなった。茂みは薄く、デルタ地帯の頂点付近だけをそっと彩っている。

昨日は房恵の完熟ボディに大興奮した直人だが、これもまたよしと思った。しとやかに熟した女体にも艶めかしい趣《おもむき》を感じ、静かに血を熱くする。なにより、担任教師だった女性の裸というのは、それだけで背徳的な欲情を誘った。

「それじゃあ直人くん、まずはオッパイを揉む練習から始めましょう」

いよいよ真紀の性教育が始まる。掌から少しはみ出す程度の膨らみは、揉みやすさとボリューム感のバランスが絶妙だった。中身が詰まっているらしく、実にしっかりとした弾力が指を跳ね返す。モチモチとした揉み心地を愉しませてくれた。

「あ、あぁん……もっと強く揉んでも大丈夫よ……そ、そうっ」

指の間に突起を挟んで、円を描くように乳肉をこね回すと、真紀は熱い吐息を漏らし、全身を細かく震わせる。直人は、だんだん硬くなってきた乳首を咥え、舌で転がし、チュウチュウと吸い立てた。

「はふぅん、ううっ……す、凄く感じるぅ……あ、あうっ」

とうとう真紀は立っていられなくなり、崩れるようにソファーに腰を落とす。

「はぁ、はぁ、ふうぅ……直人くん、上手ね。初めてだなんて信じられない」

どうやら真紀は、直人を童貞だと勘違いしているようだった。しかし、説明が面倒なので、空笑いを浮かべてスルーする。

「オッパイはもう充分よ。じゃあ……次はこっちね」

真紀は、ソファーに腰かけたまま膝を持ち上げ、左右の脚を開いていく。

両足をソファーの座面に載せた、破廉恥極まりないM字開脚。すべすべした白い太腿の奥に見えるのは、紛《まご》うことなき女の秘部——。

房恵は恥ずかしがってよく見せてくれなかったが、真紀は左右の指を二本ずつ大陰唇にひっかけて、あられもなく開帳してくれる。

肉の花弁は想像以上の大輪で、無数の皺が走っていた。色も使い込んだ様子で、なかなかに濃い。そして、ねっとりとした透明な蜜にまみれていた。

「このビラビラが小陰唇よ。広げてみると……ほら、奥に穴があるでしょう？　これが膣口よ。オチ×ポをね、ここに入れるの」

直人は目を皿にして覗き込む。じっと見ていると、肉の門は緩やかに閉じたり広がったりを繰り返していた。牡の本能が高まり、一刻も早く、あの穴にペニスをぶち込みたくなる。だが、まだだ。まだ知識が足りない。

「あの……ク……クリトリスって、見せてもらえますか？」

「ええ、もちろん」真紀は口元を緩めた。まるで勉強熱心な生徒から質問を受けたかのように。「はい……これがクリトリスよ」

真紀の中指が、小陰唇の合わせ目にある包皮を引っ張る。すると、中から鮮紅色の肉豆が顔を出した。

直人も話には聞いている。この小さな豆粒が、男のペニスに相当する器官、女が最も感じる部位の一つだという。好奇心に手がウズウズした。

「さ……触ってみても……？」

「いいわよ……でも、最初は優しくね。とっても敏感だから」

直人は生唾を飲み込む。慎重に、人差し指の先をあてがう。触れるか触れないかのフェザータッチで、ゆっくりと撫でる。真紀の太腿に、ピクッと緊張が走った。

円を描くように、指の腹で撫で回していると、次第に膨らんでいく。充血しているのだ。小豆《あずき》ほどの大きさだったものが、撫で続けているうちに、とうとう二倍近いサイズにまで勃起した。

「ひぃいっ……いいわ、クリトリス、ジンジンしてるぅ……は、はぁ、ふうぅんっ」

生き物の口のように膣門がパクパクと蠢き、たらり、たらりと、よだれを垂らした。

直人はそれを指ですくって、クリトリスに塗りつける。パンパンに張り詰めた肉真珠を、淫水で丹念に磨き上げた。

「んあぁん、そう、そうよ、前戯は、しっかりとね……早く入れたいからって……て、手を抜いちゃ……あ、あ、くううんっ」

溢れる蜜の量はさらに増す。直人が女陰に顔を近づけると、柑橘系の甘酸っぱい匂いに微かな潮の香りが混ざったような、なんともいえぬ淫臭が嗅覚を刺激した。

(凄く、イヤらしい匂いだ……)

牡の本能に導かれ、思わずペロリと割れ目を舐め上げる。なんだろう、これは——既視感のある味わいに、しばし考え込んだ。そして思い出す。小さなプラスチックの容器に入った、有名な乳酸飲料だ。あれを思わせる微かな甘みがあった。それと汗や小水に由来すると思われる塩気が混ざり、なんとも複雑な味覚となっている。

(不味《まず》くはない……うん、これは……美味しい？)

直人はせっせと女蜜を舐め取った。舌先を潜り込ませて、膣穴の内部まで味わう。舐めるだけでは物足りないと、窄めた唇でジュルジュルと膣口から吸い上げる。

「ええっ……!?　ダ、ダメよ、私、シャワーも浴びてないんだから、汚いわ……あっ……ひっ……そ、それは、飲むものじゃないのぉ……う、ううーッ」

真紀の鼠蹊部《そけいぶ》に艶めかしい筋がビクッ、ビクッと浮き上がった。

が、直人は聞く耳を持たない。彼女だって、先ほどは旨そうに牡の排泄器官をしゃぶっていたではないか。今ならその気持ちが理解できる。分泌物や排泄物によるものだと頭で理解していても、匂いも、味も、異性を狂わせる天然の極上媚薬なのだ。

高ぶる官能に身を任せ、今度はクリトリスに舌を這わせる。肉豆の根元からほじくり返すように舌で転がす。舌先を震わせて、女の最も敏感な部位を嬲《なぶ》り物にする。

「んひーっ……クリが、クリがっ……ああっ、もげちゃうウウッ」

新たな女蜜が噴き出し、割れ目から溢れ、会陰《えいん》を伝って肛門まで流れていった。

それを舐め取ろうとすると、真紀の手が、直人の頭をつかむ。

「もっ……もう、いいわ。もう、前戯はおしまい。ちょうだい……ね？」

真紀の瞳の情火は赤々と燃え盛っていた。額に汗を滲ませ、荒い呼吸で、媚びるように、命令するように、挿入を促《うなが》してくる。そこにもはや教師の顔はなかった。

「は、はいっ」

気づけばペニスの先からも先走り汁が溢れ、陰嚢まで濡らしていた。無論、完全勃起で、亀頭が腹にくっつかんばかりに反り返っている。

真紀は、ソファーの背もたれに頭と肩を預け、ほとんど座面に寝っ転がるような体勢で腰を突き出した。

Ｍの形に広げられた股ぐらに、直人は腰をかがめてにじり寄り、濡れそぼつ肉溝の窪みに、鎌首《かまくび》をあてがう——

一瞬、六年前の光景が、教壇に立つ真紀の姿が脳裏をよぎった。

あの彼女と、これからセックスをするのだ。直人は胸を高鳴らせ、いざ嵌めんと腰に力を込める。と、思った以上の抵抗感があった。雁エラが、肉穴の入り口にひっかかっているようだった。

まさか、真紀が挿入を拒絶しているわけはない。直人はさらに力を入れ、膣口を押し広げる。すると、雁首までズルッと嵌まり込んだ。

(えっ？　う、うおっ)

途端に強烈な締めつけに襲われる。驚きのあまり、思わず腰が止まった。

「あぁん、どうしたの？」もどかしげに腰をくねらせる真紀。「早く奥まで来てぇ」

「は、はい、今……」

直人は股間に体重を乗せ、ズブズブと肉棒を差し込んでいった。膣壁が力強く締め上げてきて、早くも膝が震えるほどの愉悦が走る。

気がつけば息を止めていた。ペニスの付け根まで潜り込ませると、直人はふーっと溜め息をつく。真紀は、己の中に侵入してきたものを愛おしむように、下腹部に手を当て、そっと撫でた。

「……アソコの奥にはね、ポルチオっていって、クリトリスと同じくらい気持ちいい場所があるの。直人くんのオチ×ポ、そこにグリグリと当たっているわ……はぁん、とっても素敵……」

そして熱っぽく囁いてくる。それじゃあ、始めて……と。

そう言われては臆《おく》してもいられない。直人は意を決して抽送を開始する。

昨日のセックスとは嵌め心地がまるで違った。房恵の膣穴は、柔軟に伸縮して、ペニスを優しく包み込んでくれた。

一方、真紀の膣穴は、まるで分厚いゴムで出来ているような感触で、それが容赦《ようしゃ》なく締め上げてくる。たっぷりの女蜜に潤っていなかったら、ペニスがすり下ろされてしまうのではと思うほどだ。雁首や幹に食い込んできて、ゴリゴリと擦り立てられる。

高校生のときの修学旅行で、同じ班の男子がオナホールを持ってきていた。好奇心に駆られて直人も少しだけ使わせてもらったが、あのときの感触に似ている気がする。

もちろん、真紀の膣穴の方がずっと気持ちいいのだが。

刺すような愉悦がペニスを駆け抜ける。直人は歯を食い縛り、ピストンに努めた。

差し込むとき、激しい膣圧によって陰茎の皮が根元側に引っ張られ、裏筋がピチピチに張り詰める。そこを肉襞で擦られると、呻き声を漏らさずにはいられなかった。

そして抜くときは、雁エラがめくれそうになる。差しても抜いても、息が詰まるような摩擦快感。

「うっ……ぐっ……くぉぉ……おううっ」

尿道口から多量のカウパー腺液を噴き出し、直人は、長くは持たないと悟った。

4

「はぁ……あぁん、気持ち、い、いっ……うふぅんっ」

かつての教え子に抱かれ、真紀は心から歓びに浸《ひた》っていた。

(ああ、私、ついに直人くんと……叶うはずのない夢だと思っていたのに)

実のところ、直人がまだ自分の生徒だった頃から、真紀は密かな好意を抱いていたのだ。

真紀は本が、特に小説が好きで、それが高じて国語の教師となった。生徒たちにも小説の素晴らしさを伝えたかった。だが、内気な性格の嫌いがある真紀は、生徒たちからなかなか信頼されなかった。

教師として、男子生徒の心を惑わさないよう、なるべく地味な格好を心がけていたのだが、それも不人気の原因となった。男子生徒だけでなく、女子生徒からも小馬鹿にされ、授業中も真面目に話を聞いてもらえていないような気がした。

元々、友達と遊ぶより、一人で本を読んでいる方が楽しいという性格だったのである。そんな自分が、なにを勘違いして教師になってしまったんだろうと、就任から一年経った頃には後悔すらしていた。

それでも、今さら他の仕事を探す気にもなれずに、惰性《だせい》で教職を続けていた。

そんなある日、直人と出会った。最初は、自分が担任するクラスの生徒の一人だった。

図書委員となった彼は、つまらなそうに仕事をこなしていた。まるで自分のようだと、真紀は思う。だが、彼を見ていると、妙に心がざわめいた。本好きの自分なら、書架整理という仕事に幸せすら覚えるだろうから。

もどかしさが、内気な自分の背中を押し、気づけば直人に話しかけていた。案の定、読書にほとんど興味のなかった彼に、真紀は、自分が大好きな本の話をする。

直人はそれを素直に聞いてくれた。彼は、真紀のことを、地味だとも根暗だとも思っていなかったようである。真紀の薦める本を一冊読み、二冊読み、そして読書の喜びに目覚めていった。

嬉しそうに本の感想を聞かせてくれる直人。初めて生徒に懐かれた真紀は、彼のことが可愛くて仕方なくなる。いつしかそれは、教師の立場を越えた愛情になっていた。

もちろん、倫理的に許されないのは理解している。それでも、これまで恋愛経験など皆無だった真紀には、沸き立つ想いを抑えられなかった。恋愛色の強い本を直人に読ませて、その感想を聞きながら、さりげなく探りを入れてみる。すると、付き合っている彼女はいないが、どうやら片思いの女性がいるらしいことがわかった。

きっと同じ年頃の女子だろうと、真紀は想像する。自分では、その女子に敵《かな》うわけがないと考えた。ただでさえ教師と生徒という関係なのに、十四歳の直人にとっては、二十六歳の真紀など、おばさんの部類かもしれないのだ。

真紀は、直人への想いを諦めよう努め――やがて月日は経ち、直人は卒業していった。

懐いてくれていた唯一の生徒がいなくなり、惰性で教師を続ける毎日に戻る。そんなとき、同僚の男性教師から告白された。結婚を前提に付き合ってほしい、と。

モチベーションを失って、日々の生活に疲れていた真紀は、深く考えることなく男性教師と付き合い始めた。誰でもいいからすがりたかったのだ。

半ば捨て鉢状態の真紀だったが、その男性教師との交際は、思いのほか、心を癒やしてくれた。五歳年上の彼は落ち着いた性格で、いつも優しく、一緒にいるとほっとできるような、内気な自分にはお似合いの相手だった。そして真紀は、一年足らずの交際で結婚を決める。

しかし、その夫も、結婚の翌年には交通事故で帰らぬ人となってしまった。

三回忌を終えた今でも、亡夫への愛情は残っている。だが、思い出にすがるだけではどうにもならない。一度結婚したからこそ、独り身の寂しさは耐えがたかった。真紀が安心して身を委《ゆだ》ねられる存在は、もうこの世にはいないのだ。

寂しさと不安を紛らわせるため、夜が明けるまで、手淫に耽ることもあった。夫の没後、しばらくの間は、夫婦の営みを思い出して自らを慰めていた。が、次第に、別の男の顔が、オナニー中の真紀の脳裏にちらつきだす。

それは、かつての愛しい教え子——直人の顔だった。

あのときの図書室で、直人から迫られ、私たちは教師と生徒なのよと諭しつつも、結局は身体を許してしまう——という妄想で、夜な夜な、淫らな指遊びに没頭した。

ある日、大人になった直人と偶然に再会し、真紀が思い切って想いを伝えれば、実は僕も先生のことが好きでしたと彼も告白してくれて、ラブホテルでセックスに溺れる——そんなストーリーにも官能を高ぶらせる。

まさか、それが現実になるとは思ってもみなかった。

今日、マンションの前で直人に話しかけられたとき、真紀は心の中で歓喜の絶叫を上げていた。彼と買い物をした後は、自室に戻ってから、子供のようにピョンピョンと飛び跳ねた。

そして今、まさに夢に描いていたとおり、こうして彼に抱かれている。それだけで充分すぎるほど幸せなのだが、彼とのセックスは、欲望のままに思い描いた妄想すら遥かに越えていた。それほど気持ち良かった。

(奥に、ズンッ、ズンって当たって……こんなの初めて……!)

夫のペニスでは、どんなに激しくピストンをしても、膣路の奥の壁に軽く触れる程度だったのである。しかし、直人の巨根は、膣路がぐんと伸びるほどに、奥まで抉り込んできた。子宮の入り口にある、女の一番の急所——ポルチオ性感帯が、これまで経験したことのない力強さで揺さぶられる。

痺れるような快美感が腰の奥から湧き上がり、それが全身に広がった。多量の愛液が溢れ出し、水飴をこねるような淫音が、己の股ぐらから響いてくる。女の血はさらに熱くなった。

「あぁあ、私、とってもイヤらしぃ……直人くん、聞こえてる……? 私の身体が……よ……悦んでいる音……おぉんッ」

「き、聞こえてます……エロくて、メチャクチャ興奮する……あっ……ううっ……ま、また締まるうぅ」

「頑張って……! もっと強く、奥うぅ……はひぃ、私、イッちゃいそうよぉ」

極太の牡槍によって責められるのはポルチオだけではない。張り詰めたペニスの傘が、膣路の途中にあるGスポットをゴリッゴリッと削り立てる。

さらに、互いの腰がぶつかることで、剝き身のクリトリスが向こうの恥骨に押し潰される。女の急所の三つが同時に責め立てられた。

（あぁ、もうダメ。ほんとにイクわ、イッちゃう……！）

ピンク色に視界が染まり、チカッチカッと明滅する。愉悦の痺れは、指の先にまで広がっている。麻痺《まひ》しているようで、身体のあちこちが緊張し、絶えず小さな痙攣を繰り返していた。

と、直人が唸り声を発する。「うぐ、ううぅ、ぼ、僕も、イ、イキます……いいですか、このまま、出しちゃって……？」

歯を食い縛って、一生懸命に腰を振り続けている。

彼の額に浮かんだ玉の汗を、真紀は愛おしく思った。微笑んで頷くと、嵌め腰が一気に加速する。ピストンの衝撃で女体が激しく揺さぶられた。仰向けになってもほとんど形を崩していない美乳が波打ち、乳首の先から汗のしずくが飛び散る。

子宮の奥から熱いものが込み上げてくるような感覚。

その直後、宙に放り出されたかの如き錯覚を覚え、全身が粟立った。ジェットコースターが急降下するときの、ゾクゾクッとするあの感じである。そして真紀は絶頂の大波に呑み込まれる。

「ヒイイッ……イクッ！　イクイクぅうーッ!!」

「で、出るっ……僕も……オオオォウッ!!」

直人は背中を仰け反らせ、ビクンビクンと腰を痙攣させた。勢い良く膣底に当たるザーメンを感じながら、真紀は久しぶりのセックスの絶頂感に心から酔いしれる。

だが――まだ、満足はしていない。溢れる妄想によって醸造されたアラサー女の肉欲は、未亡人の飢えは、この程度で鎮まるほど甘いものではなかった。

そもそも真紀には、未だ明かしていない性癖があるのだから。夫と共に失った倒錯の悦楽。それを味わわぬ限り、今の真紀は止まれなかった。

第三章　文学教師の性癖

1

ザーメンを出しきった直人は、肉棒を引き抜くと、倒れるように彼女の隣に座り込んだ。心臓の鼓動の荒々しい音が耳鳴りのように聞こえる。

（……真紀先生とのセックスは、息ができなくなるような気持ち良さだ）

軽い酸欠状態なのか、頭がぼうっとした。射精の余韻と疲労感の両方が身体にのしかかっているような感覚だった。

真紀も、M字に開いていた両足をだらんと垂らし、ぐったりしている。

やがて直人の方を向き、にこっと微笑んだ。

「……お疲れ様。なにか飲む？　温かいのと冷たいの、どっちがいい？」

「じゃ……じゃあ、冷たいのを」

多少ふらつく足取りでキッチンに向かった真紀は、冷蔵庫からペットボトルのコーラを取り出し、二つのグラスに注いで戻ってくる。直人はその片方を受け取り、ゴクゴクと喉に流し込んだ。炭酸の刺激に頭がすっきりし、火照った身体が心地良く冷やされていく。

真紀も、よほど喉が渇いていたのか、一息にグラスを空けた。

それから、ソファーに腰かけている直人の前にひざまずく。彼女の手が両膝をつかみ、直人は股を広げられた。

「ふふっ……ドロドロね。今、綺麗にしてあげるから」

真紀は、男女の混合液にまみれたペニスを握り起こす。

濃厚な淫臭を放つそれに平然と顔を寄せ、あの長い舌を伸ばし——いわゆるお掃除フェラを始めた。

「アッ……!?　ま、真紀先生、そんなことしなくても……」

「いいの、させてちょうだい……ん、れろ、れろっ……ちゅるっ」

己の本気汁も混ざっているというのに、真紀は厭《いと》うことなく舌を這わせ、窄めた唇ですすり、隅々までペニスを舐め清めてくれる。

彼女の奉仕に感動しつつ、舌と唇の感触で直人はまた高まっていった。うなだれかけていた陰茎に血が集まり、瞬く間に、再び怒張と化す。張り詰めた亀頭が、鏡の如くつややかに光っている。

汚れを舐め尽くした真紀は、青筋を浮かべて反り返る肉棒にうっとりと見入り、

「二回も出したのに、凄いわね」と言った。「ねえ……もう少しだけ、私のことを慰めてくれると嬉しいんだけど……どうかな？」

もちろん、直人に異存はない。肉棒をひくつかせながら力一杯頷く。すると真紀は、ありがとうと言って立ち上がった。

直人の顔をじっと見つめ、唐突にこんなことを言う。

「私ね……秘密があるの」

「え……秘密、ですか？」

「ええ……それを直人くんに是非知ってもらいたいの。一緒に来てくれる？」

もったいぶった言い方が気になったが、しかし直人は強く興味を引かれた。

女教師の秘密——間違いなく淫らなものに違いない。期待に胸を膨らませて、彼女の後に続く。

連れていかれたのは寝室だった。もっとも、まだ布団もベッドも用意されていなか

った が。いくつもある段ボール箱を二人で壁際に並べると、真紀は収納袋から敷き布団を引っ張りだす。

「階は違っても、やっぱりうちと同じ間取りですよね。2LDKって、一人で暮らすには微妙に持て余す広さじゃないですか？」

たとえば1LDKなら、築二十数年のここより新しく、家賃も安いところが見つかっただろうにと思った。が、真紀は、部屋の真ん中に出来たスペースに布団を敷きながら、首を振る。

「直人くん、私が本好きなの忘れた？　ふふふっ、もう一部屋は書庫にするのよ」

リビングダイニングに大量の段ボール箱が積んであるが、あれのほとんどには隙間なく本が詰め込まれているという。その重さと量には、引っ越し業者の男たちも悲鳴を上げていたらしい。寝室の隣の部屋には、すでに本棚が設置されていて、これからゆっくりと本を収めていくそうだ。ちなみに、真紀が一階の部屋を選んだのは、万が一、本の重さで床が破れたときのことを考えてだとか。

「……マンション、壊さないでくださいよ？」

「わかってるわよ。私の蔵書なんて、本気で本を集めている人たちに比べたら可愛いものなんだから。大丈夫、大丈夫……多分ね」

真紀は茶目っぽく笑ってみせる。布団を敷き終わると、続いて段ボール箱の一つを開けた。中から紙袋を取り出し、直人に差し出す。

「それが私の秘密……さあ、見て」

なにか破廉恥なものが入っているのだろうと、直人は胸を高鳴らせた。

紙袋の中を覗き込めば、ショッキングピンクや肌色、ケバケバしい赤や紫が、目に飛び込んでくる。果たせるかな、それらはバイブやローター、ディルドなどの、大人の淫具の数々だった。

「真紀先生も、こういうのを使って……オ、オナニーするんですね」

「そうよ。でも、大人の女が、アダルトグッズを使ってオナニーをするなんて、別に珍しいことでもないわ。私の秘密は、そういうことじゃないの」

紙袋の中には、なにに使うのかよくわからないものもいくつかあった。真紀は、その中からピンク色のビニールテープのようなものを取り出す。

「これはね、ボンテージテープっていうの。ほら、ここを触ってみて」

そのテープは、よくあるセロハンテープやガムテープと同じように、筒状の芯にぐるぐると巻きつけてあった。真紀はテープの端をめくってみせる。

彼女の言うとおりに、直人はテープの裏面を触ってみた。セロハンテープやガムテープなら、接着剤が塗られているはずの裏面は、しかし、ちっとも指にくっつかない。

「あれ……？」

「ボンテージテープはね、接着剤を使っていないの。静電気でテープとテープがくっつくように出来ているのよ」

「静電気で……？」

「ええ……そうね、じゃあ直人くん、左右の手首を揃えて、前に出してくれる？　ほら、刑事ドラマとかで手錠をかけられてる人みたいに……そう、それで手首と手首をくっつけて……うん、そんな感じ」

真紀は、直人の両手首を一つにまとめるように、ボンテージテープを巻きつけていった。ぐるぐると三周ほど巻いて、元の束から切り離す。

さあ、ほどいてみてと、彼女は言う。接着剤が使われていない以上、腕を左右に広げれば、するりとほどけるはずだった。手首の上からただ巻いただけで、結んでもいないのだから。

しかし、ボンテージテープはびくともしなかった。

「くっ……な……なんで……!?」

左右の手首ががっちりと拘束されている。歯を食い縛って精一杯の力を込めてみたが、どうにもならない。まるで手品のようだ。

「ね、凄いでしょう、静電気の力って」

テープの切れ目をつまんで、真紀はいともたやすくほどいていく。あれだけ強固に巻きついていたのに、切れ目からめくれば、呆気なくスルスルと剝がれていった。

「巻きつけるだけだから誰にでもできるし、肌にくっつかないから、剝がすときも痛くないの。顔に巻いて、目隠しなんかにも使えるのよ」

真紀は、はい——と、ボンテージテープの束を差し出してくる。

直人が受け取ると、真紀はくるりと背中を向けた。

「……それで、私を縛って」

「え……し、縛るっ？」

「私ね、身体を拘束されるのが好き……物凄く興奮するの」

それが、彼女の言う〝秘密〟だった。

直人は呆気に取られる。世の中にそういう趣味の人がいるのは知っていたが、まさか彼女がその一人だとは夢にも思わなかった。

昨日、童貞を卒業したばかりの身には、正直、荷が重すぎるプレイである。

だが、断ることはできなかった。秘密を告白してくれた真紀を裏切ることになるし、臆して女の願いを拒否するなど、男として情けないと思う。

それに――緊縛プレイにまったく興味が湧かないということもなかった。

「わ……わかりました」

真紀の背中に近づく。彼女は両手を後ろに回し、神聖な儀式を受ける前の乙女の如く、静かに待ち構えている。

上下に重ねられた手首に、直人はボンテージテープを巻きつけていった。一周、二周、三周。先ほど拘束されたときは、どんなに力を込めても、ほんの数ミリ伸ばすことすらできなかったのに、テープの横側から爪をひっかけるようにすると、簡単にピッと切り裂くことができた。カップ麺のかやくの袋によくある、〝どこからでも切れます〟という、あれと同じ原理かもしれない。

「どうですか……？」

「うん、上手よ。じゃあ、次は脚もお願い」

真紀は、後ろ手に縛られたまま、布団に仰向けになって、両方の膝を立てた。次は太腿とすねを一緒に縛って、膝を伸ばせないようにしてほしいらしい。

ボンテージテープを巻きつけながら、直人は尋ねた。

「あの……怖くはないんですか？」

腕も脚も、まともに動かせない状態——直人なら、不安でたまらないだろう。

「もちろん、ちょっとは怖いわ。でも、そのスリルに興奮するの」

その言葉を裏付けるように、真紀の頬は紅潮し、呼吸も微かに乱れ始めていた。

「それに……こうして自由を奪われたうえで、相手のなすがままに、オモチャのように弄《もてあそ》ばれるのも好き」

はにかみながらも、真っ直ぐに直人を見つめて答える。

彼女の瞳が促してくる。直人くんも、私をオモチャにして——と。

(僕が、真紀先生を……)

思わず生唾を飲み込んだ。我を忘れて、ついボンテージテープを必要以上に巻きつけてしまう。両方の膝も固定すると、

「あ、あの……目隠しもした方がいいですか……?」

「ええ……お願い」

目を塞《ふさ》ぐようにボンテージテープを巻きつけて、ついに真紀は、このうえなく無防備な姿となった。

「ああっ……ドキドキする……この感覚、たまらない……」

仰向けの格好で、もどかしげに腰をくねらせる。気づいていないのか、それとも直

人の目を誘っているのか、股ぐらはだらしなく開かれ、女の中心があからさまになっている。

割れ目の奥の穴からは、先ほどの白濁液が逆流し、トロトロと溢れ出していた。

緊縛未亡人の痴態に、猥褻《わいせつ》なる官能美に、直人はしばし目を奪われる。そうだ――と閃《ひらめ》いた。大急ぎでリビングダイニングに行き、脱ぎ捨てたズボンのポケットからスマホを取り出して、また寝室に戻ってくる。

「あのっ……真紀先生の今の姿、写真に撮《と》ってもいいですか？」

「えっ……」

真紀は口籠もった。彼女の唇が、固く引き結ばれた。

だが――それも束の間のことで、閉じた唇は、淫靡《いんび》な笑みへと形を変える。

「いいわ、撮って……その代わり、誰にも見せないでね？」

撮影許可が下りたことに直人は喜び、早速スマホに、彼女の緊縛姿を収めた。シャッター音が鳴り響くたび、真紀は身体のあちこちを震わせる。

「ああっ……今、どこを撮っているの？」

「オッパイです。真紀先生のオッパイは、本当に綺麗な形をしていますね。次はオマ×コのアップですよ。真紀先生のオマ×コ、穴から精液がダラダラとこぼれていて、すっごくエロいです」

「い、いやぁん……オマ×コ……だなんて……」

淫らな四文字を口にして、真紀はさらに興奮を高めているようだった。白く爛《ただ》れた膣穴が、ヒクッヒクッと物欲しげに蠢いている。

たまらずに直人はスマホを置き、例の紙袋の中を覗き込んで、淫具の数々を物色した。オモチャのように弄んでほしいという彼女の願望を叶えるなら、これらを使うのがふさわしいだろう。

中でも一番気になったのは、ラベルに英語表記しかない怪しげな黒い小瓶だった。

「真紀先生、この黒い小瓶、なんですか？」

「小瓶……？　ああ、それはね、媚薬オイルよ」

身体の敏感なところに塗ると、ジクジクと疼いて性感が高まるのだそうだ。

「使ってみる？　でも、あんまり塗りすぎないでね。それ、結構長い時間、効果が続いちゃうから」

夫婦の営みで使ったときは、夫が果てた後も媚薬効果が続き、真紀だけしばらく悶々とすることも多かったという。

そんな話を聞かされたら、なおさら興味が湧いてくる。スポイト状の蓋を開けると、アーモンドの甘い香りが漂った。スポイトから二滴ほど搾って指先に垂らし、さてどうしたものかと考え、とりあえず真紀の乳首に塗ってみる。

「あっ？　ん、うぅん……」

目隠しをしているので、真紀は驚いたように一瞬身震いした。直人は、左右の乳首にオイルを塗り込み、さらにクリトリスにも塗りつける。

数分ほど待つと、真紀は切なげに呻き、美しき乳丘を揺らした。曲げた状態で固定された脚の、太腿同士を忙しく擦り合わせる。

「あぅ、あうぅ……直人くん……お願い、早くいじって……ジンジンして、ムズムズして、たまらないのぉ」

乳首はすでに硬く尖っていた。軽く撫でただけで、彼女の背中が大きく跳ねる。思った以上の反応に直人は驚いた。これが媚薬オイルの効果か、と。

クリトリスは、先ほどクンニしたときよりもさらに膨張《ぼうちょう》し、触ったらパンッと弾けてしまいそうなほど張り詰めていた。そっと指の腹でさすると、真紀は狂おしげに首を振り、縛られた身体でビクビクと身悶える。

「はっ、ひいいっ……き、気持ちいい……もっとしてぇ、もっと強く……そ、そう、そんな感じで、こね回してっ……おっ、おふうぅんっ」

直人は、左手で勃起乳首をつまみ、シコシコとしごき、そして右手では、鮮紅色の肉真珠をキュッキュッと押し潰した。

「……こういうプレイって、旦那さんに教えられたんですか？」

記憶の中の真紀は、読書を愛する真面目な教師で、こんな倒錯プレイを自ら求めるような女性ではなかった。が、結婚をきっかけに、夫の趣味に染められたというなら、それも腑《ふ》に落ちる。

しかし、真紀の答えは、直人の想像とは違った。彼女はなんと、高校生の頃にはすでに、このようなSM行為に興味を持ち始めていたという。

「ロ……ロマンス小説って、知ってる？　あ、あう、うっ」

女性向けの恋愛小説で、基本的に海外で書かれた作品を指しているらしい。

大人向けのアダルトな作品も多いが、本好きの真紀は、高校生の時分からこっそりと手を出していたそうである。

あるロマンス小説では、かなり官能的なSMプレイが描写されていたという。

「SMって……くっ……暗くて、おどろおどろしいイメージだったんだけど……その小説では、とっても、ロマンチックで……わ、私、ドキドキしちゃったの……おおっ……クリが、あぁあ、あっつぅいっ」

それ以来、ＳＭに興味を持ち続け、いつかプレイする日を夢に見ていたそうだ。亡き夫には、結婚する前に、そのことを告白していたという。

彼は驚いたが、真紀を悦ばせるためにいろいろと勉強をした。彼自身にも、ＳＭを趣味とする素質が多少はあったようで、夫婦の夜は円満だったそうである。

「じゃあ……旦那さんが亡くなって、なおさら寂しかったでしょうね」

それで誰かに慰めてほしかったのかと、直人は理解した。

(お世話になった真紀先生のためだ。今は僕が、精一杯、頑張ろう)

もちろん、その過程で直人自身も愉しませてもらうつもりだ。いったん指奉仕をやめ、先ほど目星をつけていたアダルトグッズの一つを手に取る。真紀が媚声を震わせ、切なげに悶えた。

「あ、あっ……いやぁん、やめないでぇ」

「ちょっと待っててください。すぐにもっと気持ち良くしてあげますから……」

直人が手にしたのは、二つの吸盤だった。小振りな茶碗くらいの大きさである。

透明な吸盤の内側には、中央に無数のブラシが生えていた。その形状から、一目でピンときたのだ。これは乳首を責める道具であろう。吸盤の外側には突起があり、その突起には穴が空いていて、ローターらしきものが差し込まれていた。

早速、推定Dカップの美乳に被せてみる。彼女の持ち物だけあって、サイズはぴったりだ。グッと押しつける——が、その後、軽く引っ張ると、吸盤は呆気なく外れてしまう。

「あ……それを使うのね」乳房への感触で理解したのだろう。真紀が、道具の使い方を教えてくれた。「それを使うときは、オッパイにローションかなにかを塗っておかないといけないのよ。ほら、吸盤って、濡れたところによくくっつくでしょう？」

なるほどと、直人は納得する。そういえば、例の紙袋の中には、ローションのボトルらしきものもあった。

しかし、どうせなら——直人は黒い小瓶を手にした。乳首の上から、あの媚薬オイルをたっぷりと垂らし、それを乳輪の外側まで塗り広げていった。

「え……ちょっと待って、直人くん、それ、媚薬オイルでしょう？　あ、あ、ダメ、そんなに塗ったら、敏感になりすぎちゃうぅ」

どうやら本気で焦《あせ》っているようだが、手脚を縛られた真紀には抵抗する術《すべ》がない。

直人は容赦なく、もう片方の乳房にもオイルをまぶした。そして再び吸盤を押しつける。ニュププッと空気の抜ける音がして、今度はしっかりと張りついた。

子供のようにワクワクしながら、吸盤の突起に差し込まれているもののスイッチを入れる。やはりそれはローターで、途端に唸りを上げ、荒々しく震えだした。

「アアッ……ち、乳首がぁ……う、うーッ！」

ローターの振動で、吸盤の内側のブラシが乳首を小刻みに舐め擦り、真紀は歯を剝き出して呻き声を上げげた。蠢く膣穴からはドップドップと淫水が溢れ出す。

直人は、もう片方のローターのスイッチも入れた。そして淫具の数々から、バイブの一つを手に取る。クリトリスに当てるための突起もあるが、メインの挿入部は少々短めで、彼女の好きなポルチオまではとても届きそうにない。その代わり、先の方が小気味良く反り返っていた。

（もっと大きなバイブも持っているのに、このサイズのバイブもあるってことは……これにはこれの使い道があるってことだろう）

せっかくなので、その短めのバイブにも媚薬オイルを塗りつけた。もっとも女陰は、新たに溢れ出した淫蜜でドロドロになっており、潤滑剤などまったくの不要だろう。

直人はバイブを肉の窪みにあてがうや、すぐさま根元まで差し込んだ。

そして電源をオンにする。力強い振動が手首まで伝わってくる。

「んはぁう！　そ、それ、二番目にお気に入りのオォオッ」

「二番目……じゃあ、やっぱり奥まで届くバイブの方が好きですか？　そっちに変えます？」

「ううん、今入ってるのも大好きなのっ。あお、おおっ、Ｇスポットに響くウゥ」

喘ぎ交じりに真紀が、女の急所の一つ、Ｇスポットのことを説明してくれた。このバイブは、その性感ポイントを的確に責めるための形状をしているのだ。

直人は緩やかにバイブを前後させる。スズメバチの飛翔を思わせる不穏な音が、挿入の深さによって大きくなったり小さくなったり——。

「んいいぃ、ひぎ、い、いっ！　す、すごっ、おほおぉ」

女壺の中では、反り返った振動部の先端が、膣路の天井を舐めながら、啄木鳥にも劣らぬ勢いで高速ノックを繰り返しているのだろう。

「いっ、く……イクわ、イッちゃうの、あぁぁ、ひっ、ひっ」

切羽詰まった悲鳴を上げて、真紀が全身を戦慄かせる。溢れる牝汁《めじる》はバイブの振動で派手に飛び散り、敷き布団に無数の染みが作られていった。

女の汗と愛蜜の淫靡なフレグランスが、入居初日の寝室に満ち満ちていく。綺麗に貼り替えられた壁紙に浸み込んでいく。

「ああ……真紀先生、凄くイヤらしいですよ。学校の先生なのに、縛られて、悦んで、オマ×コにバイブを嵌められてイッちゃうなんて……さあ、真紀先生の最高にエロい姿を僕に見せてください。ほらっ」

バイブを深めに突き刺し、本体から枝分かれした突起をクリトリスに押し当てた。

小刻みに前後運動させれば、震える突起が、媚薬に冒《おか》された肉の蕾《つぼみ》を小突き回す。

もちろん本体の振動部も、そして乳首に張りついている吸盤ローターも、力強く女体を責め続けている。ついに真紀は、断末魔の叫びを上げて痙攣を始めた。

「あああうぅぅ、そう、なの、私、真面目な顔して、スケベな女教師なのぉ！　イッ……イク、イクーッ、直人くん、み、見て、てっ……んひぃ、イッグううーッ!!」

と、膣口の上にある小さな穴──尿道口から、透明な液体が、ピュッ、ピュッと噴き出す。

(潮吹《しおふ》きだ……！)

初めて目にした女のアクメ現象に、直人は興奮する。

しかし、同時に悔しさも覚えた。先ほどのセックスのときには潮吹きは起きず、今、機械の力に頼って、初めてここまで女体を責め立てることができたのである。

妙な対抗意識を燃やして、Gスポット用バイブを引き抜き、電源をオフにして放り投げ、そして代わりに、ガチガチに怒張したペニスをすかさず挿入した。

「あっ……ううううっ!?　な、直人くんのオチ×ポ……!?」

真紀は戸惑いの声を上げるが、しかし直人は構わず腰を振り始める。縛られた両膝を抱え込むと、未だ絶頂感に取り憑かれているであろう女穴を容赦なく掘り返した。

相変わらずの締めつけだったが、熱々に火照った膣肉は先ほどよりもほぐれていて、絶妙な弾力でペニスを圧迫してくる。嵌め心地はさらに増し、そして、よりスムーズなピストンが可能となっていた。

「ほうっ、おううぅ！　イッたばかりだから、すごっ……くふぅう、凄く、敏感になってるのにぃ！　ああっ、オマ、ンコ……がっ……直人くんに、メチャクチャにされちゃ……うぎィイッ！」

「今の真紀先生は、僕の、オモチャ、なんですよね？　だから、僕の好きなように、やらせてもらいます、よっ！　僕のチ×ポでもっと、もっと！　潮を噴くくらい、気持ち良くなってください！」

大きなストロークで、勢いをつけて膣底を抉る、抉る。

乳丘の頂上に張りついた吸盤ローターも、今なお小刻みな振動で、左右の乳首にブラッシングを施していた。無論、止める気はない。

ただし、女穴を責めることは、男根を責めることでもある。樹脂のようなプリプリとした感触で雁首を擦られ、幹がしごかれ、直人もまた強烈な愉悦に襲われた。

しかし歯を食い縛って嵌め腰に励む。そして不意に気づいた。

二度の射精で、多少は鈍っていた肉棒の感度が、すっかり回復していたのだ。

まるで今日はまだ一発も射精していないみたいに、みるみる射精感が高まっていった。ペニスが熱い。ムズムズする――

（あっ……媚薬オイルか……！）

そう、バイブに塗ったオイルが、膣壁を経て、肉棒にも浸み込んできたのだ。間接的なので、大した量ではないだろうが、それでも媚薬効果は確実に出ていた。

セックス本来の摩擦快感と、蚊に刺された痕《あと》を掻きむしるような愉悦が合わさって、カウパー腺液が止まらなくなるほどの激悦となる。それでも直人は懸命に腰を振り、牡の鈍器でポルチオ肉を滅多打ちにした。

「アッ、アーッ、またイクーッ！　イッぢゃううぅ！」

先のアクメの熱が冷めやらぬうちに、真紀は新たな絶頂の業火で身を焦《こ》がす。

「イグッ、イグイグッ、ふんぬゥウウーッ!!」

万力のような力強さで牝穴が収縮する。特に膣口は、ペニスを食いちぎらんばかりの勢いだった。直人はさすがにピストンを止め、わずかな間、呼吸を整える。

女の肉貝は――まだ潮を噴いていなかった。

目元に流れ込んできた汗を手の甲で拭《ぬぐ》い、直人は腰のストロークを再開させる。淫らな内燃機関と化してピストンを高速回転させ、生じた愉悦をエネルギーとし、そしてまた嵌め腰に精を出した。

「なっ……直人、くぅんっ……！　待って、潮を噴かせたいなら、奥じゃ……ひゃおぉ、おふぅぅううっ！」

半ば我を忘れて腰を振り続ける直人には、真紀の言葉も届かない。

後でわかることだが、ポルチオよりもGスポットを刺激される方が圧倒的に潮吹きしやすいそうだ。

が、今の直人は、巨根を頼りに、膣穴の奥深くにあるポルチオを重点的に責め立てている。これではGスポット用バイブのときのようにはいかなかった。

とはいえ、ポルチオが女体の一番の急所であることに間違いはない。真紀は、ブリッジの如く背中を仰け反らせ、半狂乱の様相で身悶えし、手首と脚のボンテージテープをギチギチと白い肌に食い込ませた。

「イック、イグッ、イッ、イッ……グウゥーッ！　ふんぐーッ!!」

またも膣路にアクメの反応が現れる。この華奢な身体のどこにこんな力が——と思わずにはいられないほどの苛烈な膣圧。

直人はたまらず、小便の如き勢いでザーメンを吐き出す。

「おおっ……ぐ、ウウゥウッ……!!　むぅウウウッ……!!」

膣筋肉が律動し、締めつけの波が何度もループする。機械の如き正確なリズムと力強さで、牡のミルクが容赦なく圧搾された。

が、膣圧にあらがって、なおもピストンを続行する。亀頭が子宮口を揺さぶり続ける限り、真紀の絶頂感は終わらないようだった。つまり、イキっぱなしである。

「ひーっ、イグイグッ、イグッ、ヒッグゥウウウーッ!!」

しかし、残念ながら潮吹きは見られなかった——。

2

その日、松井貴子が帰宅したのは、夜中の一時頃だった。

いつもはこんなに遅くはならない。今日は、音楽教室の仕事が終わった後、同僚の講師や事務スタッフたちと飲みにいったのだ。

（ちょっと飲みすぎちゃったかしら。でも、これであの人も少しは懲《こ》りたでしょう）

五歳年上のバイオリン講師の男が、しきりに酒を勧めてきたのである。どうやら貴子を酔い潰すことで、なにか良からぬことを企《たくら》んでいるようだった。実際、酒を使って〝お持ち帰り〟された女性スタッフが過去にいたらしい。

しかし、貴子がウワバミであることを、その男は知らなかったようだ。貴子は、グラスに注がれたビールを軽々と飲み干し、ご返杯とばかりに、その男のグラスにビールを注ぎ返した。

最終的に酔い潰れたのは男の方で、仲間の男たちに抱えられるようにして帰っていった。女性の講師やスタッフからは喝采《かっさい》を受けたが、残った他の男たちには若干引かれていたようである。

少々やりすぎたかと思うところはあったが、後悔はしていなかった。職場の男たちに恐れられようが、呆れられようが、貴子には痛くも痒くもなかったのだ。

なぜなら、貴子にとって、この世で最も大切な男は、愛しい我が子の直人に他ならなかったのだから。

それ以外の男には、ほとんど興味がなかった。夫を亡くして十年経つが、新たなパートナーを見つける気などさらさらない。直人を立派に育て上げることだけが、今の貴子の人生の目的であり、生き甲斐だった。

我が家の玄関にて、ちょっとばかりふらつく身体でパンプスを脱いでいると、パジヤマ姿の直人が彼の自室から出てきた。

「あら……ふふふっ、お出迎え、ありがとぉ」

「おかえり……って、顔が真っ赤だよ？　だ、大丈夫？」

貴子の赤ら顔に、直人は目を丸くする。貴子の肩を担いで、リビングダイニングのソファーまで運んでくれたり、水の入ったコップを持ってきてくれたりと、甲斐甲斐しく世話を焼いてくれた。

どうやら、母が相当に酔っ払っていると思っているみたいである。しかし貴子にしてみれば、こんなのはほろ酔い程度。それでも、驚いている直人が面白くて、せっせと面倒を見てくれる彼が可愛くて、つい酔っ払いのふりをする。

「コート、脱がせてぇ」

「あ、うん、いいよ……立てる？　それじゃ、右腕から袖を抜くね……はい、じゃあ次は左腕を……」

ふと貴子は、出がけのことを思い出した。

いってらっしゃいのキスをしようか――と、息子にからかわれたのだった。

酔いも手伝ってか、沸々《ふつふつ》と悪戯心が湧いてくる。親をからかった息子に、仕返しをしてやろうという気になった。

直人が、貴子のコートを脱がせ終わるや否や、貴子は彼の胸に飛び込む。彼の首元に腕を絡めて抱きつき、猫撫で声で囁きかけた。

ねえ、おかえりなさいのキスをして——と。

バサリと、直人はコートを落とす。「なっ……!? キ、キスって」

「なにを恥ずかしがっているの？ いいじゃない、夫婦なんだからぁ」

酔って、息子のことを亡き夫と勘違いした——という筋書きだった。

茹で蛸のように顔を火照らせ、慌てふためいている直人。そんな我が子を見ていると、貴子の中の悪戯っ子がますます喜び、調子に乗った。

「夫婦って……ち、違うよ、僕は父さんじゃない。ほら、よく見て……んむっ!?」

問答無用で、直人の唇を奪う。

実際のところ、泥酔こそしていなかったが、真紀は少しばかり理性を失っていたのだ。そうでなければ、二十歳の息子にキスを仕掛けるなど、根が真面目な貴子には到底できない行為だったろう。

ただ、息子にキスをしたいという願望がなかったわけではない。ほっぺにするチュウなら、直人が幼い頃に、それこそ数え切れないくらいしてあげた。だが、直人が小学校の高学年にもなると、恥ずかしがって嫌がるようになった。そのときの寂しさを、貴子は今でも覚えている。

昼間、いってらっしゃいのキスをしてあげようかと言われたとき、貴子は恥ずかしがったが、決して嫌ではなかった。だから冗談だと知って、心底がっかりした。今、頰へのキスではなく、唇を選んだのは、その腹いせもあったかもしれない。

（もしかしたら、直人のファーストキスだったかも……ううん、親子だもの。ノーカウントよね）

とはいえ、貴子の方も妙な気分になってくる。息子とキスを交わして得たのは、母親の喜びだけではなかった。夫を亡くして以来の口づけに、若い男の唇の感触に、ドキドキと胸が高鳴りだす。

と、直人の腕が、貴子の腰を抱き締めてきた。

あっと思った次の瞬間、彼の舌が、貴子の口内に滑り込んでくる。そして貴子の舌を見つけるや、ねろり、ねろりと絡みついてきたのだ。

（えっ？　う、嘘《うそ》……あ、あっ）

親子のスキンシップではあり得ない愉悦。なにかがゾクゾクッと貴子の背中を駆け抜ける。思わず目を見開くが、顔が近すぎて直人の表情はうかがえない。

啞然としている間に、なおも直人の舌が口内を這い回った。舌が届く範囲のすべてを舐められ、朱唇の裏側を舌先で丹念になぞられる。それから、また舌同士を擦り合わせてきた。

互いの唾液が、口から口へ行ったり来たりする。直人は、喉を鳴らして母の唾液を飲んだ。なんの躊躇いもなさそうに——。

もはや間違えようもなく、男と女の舌の交わりだった。

とっさに貴子は、直人の首元から腕をほどき、彼の胸を強く押した。母親としての理性を取り戻したのだ。

「……ご、ごめんなさい、あなた……明日も仕事だから、今夜はここまで……ね？」

あくまで亡夫と勘違いしているふりを貫きつつ、直人から離れる。床に落ちたコートを拾い上げ、そそくさと自室へ逃げ込んだ。

ドアを閉めて、激しく脈打つ胸に手を当てながら聞き耳を立てる。

やがて、直人が自分の部屋に戻る音がした。

（……私ったら、なんてことしちゃったのかしら）

はあっと溜め息をつく。酔った勢いとはいえ、いくらなんでもやりすぎたと反省した。しかし、まさか直人があそこまで積極的になるとは思ってもみなかったのだ。

（直人は……どうしてあんなキスを？）

貴子は、直人を夫と勘違いするふりをした。そのせいだろうか？　愛する夫を喪った可哀想な母親のため、息子は情熱的なキスをもって、自分の父親の役を演じきったのだろうか？

（あの子は、とても優しい子だもの）

親馬鹿ではない。母親思いの直人ならあり得ると、貴子は思った。少なくとも今は、それ以外の理由は考えつかない。頭に血が上っていて、クラクラする。

それはアルコールの影響だけではなかった。直人の舌の感触が、今も生々しく口内に残っている。身体中が火照っていた。かつての夫婦生活で、あれほどのキスをしたのは、セックスの前だけである。夜の営みを始める合図《あいず》としてのキス――。

妻としての条件反射が蘇り、女体は淫らに燃え盛っていた。恋愛や再婚に興味がなくても、性欲までは失っていない。むしろ三十代の半ばを過ぎて、熟れた身体は、持て余すほどに火がつきやすくなっていた。

直人にディープキスを施され、すでに女陰は潤み始めていたのだ。このままではとても眠れない。リラックスできるアロマを焚《た》くとか、ストレッチをするとか、そんな小手先の行為では、この高ぶる官能は抑えられなかった。

（シャワーを浴びてから……？　ううん、我慢できないわ）

スーツのスカートを脱ぎ捨てる。ストッキングとパンティもだ。ちらりと確認すれば、案の定、パンティの股布には、縦長のアーモンド形の染みが広がっていた。

次にワイシャツを脱ごうとして——しかし途中でやめる。もはやブラジャーを外し、じっくりと乳房から攻めるのももどかしかった。性欲をみなぎらせた思春期男子の如き性急さで、いきなり股間の亀裂に指を滑り込ませる。じっとりと濡れた媚肉。

真っ先にクリトリスを探り当て、包皮の上から中指の腹で撫で回した。たちまち愉悦が走り、肉豆がカーッと熱くなる。

「おおっ……ほうぅ……！」

思わず声が漏れた。貴子は悦楽の嬌声を抑えられない質《しつ》だった。

ゆえに、いつもは直人が家にいない時間を見計らって自らを慰めているのである。

（直人……きっとまだ、起きているわよね）

はしたなくも肉唇に指を潜り込ませたまま、貴子はよろよろとベッドの前まで歩み寄った。ひざまずくと、布団に顔を押しつける。息苦しいが、これで少しは声も抑えられるだろう。

改めてクリトリスをこね回す。コリコリと充血しきったところで、肉のベールを剝き、直に擦り立てた。

「おぅん……ん、ううっ……ん、ん、むぅうぅ……！」

くぐもった淫声を布団に浸み込ませながら、貴子はなおも指を使う。女壺が充分に潤ったら、空いていた左手の指を、二本同時にズブリと差し込んだ。手首のスナップを利かせて抽送しつつ、Ｇスポットを探り当てて、ときおりグッグッと指圧する。

（あ、あ、久しぶりのオナニーだから、物凄く感じちゃうわ）

勝手知ったる自分の身体。的確な指使いで女のツボを刺激し続ければ、瞬く間に官能が高まっていく。絶頂のときが迫った。

布団に顔を押しつけ、呼吸がしづらいため、頭の中に靄《もや》が立ち込めてくる。その感覚すら愉悦にして、貴子はアクメの極みへと駆け上っていく。

朦朧《もうろう》とする意識に人影がよぎった。それは亡き夫の姿だと、最初は思った。

しかし、違う。初めて出会ったときの夫より、もっと若かった。だが、似ている。夫の面影がある。

それは、直人だった。

貴子は、愛しの息子の顔を脳裏に描きながら、断末魔の痙攣を引き起こす。

「むぐうっ……うぐっ、うぐぅ、ふぐぅううっ……!!」

尿道口からピュッピュッと潮が噴き出し、左手に当たって飛び散り、フローリングの床に小さな水溜まりを作った。

オルガスムスの波が収まると、顔を傾《かたむ》けて、ようやく深呼吸する。

心地良い余韻の中に罪悪感が混ざっていた。息子のことを思いながら果ててしまった自分に戸惑いを覚える。

(だって、あの子……どんどんあの人に似てきているのだもの)

中学生の間は、なかなか背も伸びなかった直人だが、高校生になって、遅めの成長期を迎えた。

身体や顔つきが大人のそれに近づくにつれ、直人は父親に似てくる。貴子は、愛した夫の面影が、息子の顔にしっかりと宿っていることを、今さらながらに気づいた。

(最近は、しゃべり方まで似てきたような気がするわ……)

それに、息子でイッてしまったのは、先ほどのキスの影響もあるだろう。

直人との口交の感触が、脳の奥深くに焼きついてしまったのだ。あの瞬間、貴子は母親であることを忘れ、一人の女に戻ってしまった。

(直人ったら……あんなキスをどこで覚えたのかしら?)

今はネットで大抵の知識は得られるだろう。が、実際の経験がなければ、あの舌使いはさすがに難しいはず。もちろん、まだ多少のぎこちなさは感じたが、それでも、とても初めてとは思えなかった。

となれば、考えられることは一つである。

（あの子、付き合っている彼女がいるの……？）

第四章　コスプレ熟女の恥じらい

1

房恵に続き、真紀とも身体を重ねた直人。現金なもので、二人とセックスをしている間は、母への禁じられた慕情《ぼじょう》を忘れることができた。

しかし、長年抱き続けてきた想いを、そう簡単に捨てることはできない。母である貴子への想いを純粋な家族愛へ変えるには、もう少し時間がかかりそうだった。

そんなとき、その貴子から、思いもかけずに口づけを施されたのである。

その晩、直人は悶々として、ろくに寝られなかった。ベッドの中で、母の舌と唇の感触を思い返しては、心臓を高鳴らせ、身をよじり、何度も寝返りを打った。

あのときの直人は、冷静さをすっかりなくしていた。愛しい母とのキスに舞い上がり、覚えたての舌使いを夢中で披露《ひろう》した。口には出せぬ想いを舌の動きに託した。

だが、今になってみると、複雑な気持ちが込み上げてくる。

（……僕のことを父さんと勘違いしてキスしたってことは、やっぱり今でも父さんのことを愛しているんだろうな）

彼女にとって、自分はあくまで息子に過ぎないのだ――と思う。やはりこの恋は報《むく》われないのだと、現実を突きつけられた気がした。

心のモヤモヤを振り払いたくて、翌日から女体に溺れる。ある日は房恵を抱き、またある日は真紀を慰めた。房恵と真紀の部屋を梯子《はしご》する日もあった。

そして、貴子とのキスから五日後――その日の午後。

直人は、房恵の部屋にいた。リビングダイニングのソファーに腰かけ、房恵とテレビを観ていた。彼女の好きな刑事ドラマの再放送だ。

ただし、房恵の上半身は裸だった。Ｉカップの巨乳を剝き出しにして、直人の膝の上に座っている。いや、直人が座らせたのだ。

未だ挿入はなされていないが、いわば背面座位である。直人の方はまだパーカーも脱いでおらず、彼女の後ろから両手を伸ばし、手慰みとばかりに巨乳を弄んでいた。

ボリューム満点の下乳を鷲づかみにし、乳肉が指の間からはみ出るほど揉みしだく。

硬くしこった肉突起を、下から上へ、指先で何度も弾いた。それから二本の指でつまんで、キュッキュッと引っ張る。房恵の背中が悩ましげに曲がりくねった。

「ああっ、乳首が、充血しすぎてズキズキするぅ……な、直くぅん、もうオッパイはいいから……アソコの方も、ね？　お願い、いじってぇ」

「まだ駄目です。房恵さんは乳首がとっても敏感なんだから、これだけでも充分気持ちいいでしょう？」

「そ……そうだけど……でも、さすがに乳首だけじゃイケないわぁ。あぁん、あぁぁん、意地悪しないで、そろそろイカせてぇぇ」

かれこれ三十分も、彼女の乳首を嬲《なぶ》り続けていた。色情をみなぎらせた熟れ未亡人には拷問の如き時間だろう。アクメ欲が限界まで膨らんでいるに違いない。

だが、直人はなおも乳首を責め続ける。イキたいのにイケない、そのもどかしさに身悶えする女の姿をもっと見たかった。

好きだけど想いを伝えられない、そんな自分の苦しい気持ちを、八つ当たりのように女体にぶつけている——ということもあるかもしれない。

「まだまだ。この番組が終わったら、思いっ切りイカせてあげますから。さ、指をしゃぶってください」

「そんなぁ、あと三十分近くあるじゃない……あ、あむぅ、ちゅぷぷっ」

直人は、右手の親指と人差し指を彼女の口内に潜り込ませた。泣き言を漏らしかけていた房恵だが、口に中に入ってきた指を素直に舐めしゃぶってくれる。

二本の指がたっぷりの唾液をまとったら、直人はその指で、また乳首をいじり倒した。ぬめる指で円を描き、乳輪ごとヌチュヌチュと擦る。つまんで、こね回す。

「あ、あっ、ううーっ……乳首が、はぁ、はふぅ……ん、れろ、れろ、ちゅぷっ」

左手の指にも天然ローションを塗りたくってもらい、左右の乳首を責め続けた。目の前で、女の背中が絶えず震えている。彼女の発情が増すほどに、甘いミルク臭が濃く立ち上る。直人は、しっとりした肌に鼻先をくっつけて深呼吸し、背筋に沿《そ》って舌を這わせた。

「あはぁん……く、くすぐったいわ……はうぅ、くっ、くっ……うふぅんっ」

背筋から首筋に舌を進め、うなじをチロチロとくすぐる。赤く染まった耳たぶが妙に可愛く思えて、軽く歯を立てる。房恵の吐息がさらに乱れた。

なんとはなく、直人がテレビ画面に視線を移すと、ドラマは真犯人の過去の回想シーンになっていた。アラサーの女優が、子役を使わず、自ら女子校生の役をやっている。

ふと、房恵の制服姿が見てみたくなった。

無論、違和感はあるだろう。テレビ画面の中のアラサーの女優ですら、そのセーラー服姿には無理があるように見えたのだから、四十二歳の房恵ならいわずもがなだ。だが、その違和感を見てみたかった。匂い立つほどに熟しきった大人の女に、十代の少女と同じ格好をさせるとどうなるのか、卑猥な興味が湧き上がった。

知らず知らずと指使いがさらにイヤらしく、ねちっこくなり、房恵の喘ぎ声はますます苦悩の色を帯びる。

「はひぃ、あ、あふっ……うぅぅ、そ、そんなにねじっちゃ……んぐぅうんっ」

切なげにくねり続ける豊腰。やがてテレビから、ドラマのエンディング曲が流れ始めた。主役の警部とその相棒が、小料理屋でしんみりと酒を飲んでいる。いつもの締めのやり取りだ。

直人は、押し潰し、引っ張り、乳首をいじる指に最大級の熱を込める。「さあ、あと少しですよ、房恵さん」

「あああ、あぅうう、は、早く終わってエエェ」

ほどなく、房恵の願いが通じたかのようにドラマの再放送は終了し、続けてニュース番組が始まった。房恵は直人の手をつかんで叫ぶ。

「終わったわっ。お願い、早く入れて！」

一時間近くも乳首を弄ばれた彼女は、一刻も早い挿入を望んでいた。

しかし直人には、まだその気はない。房恵を膝の上から降ろすと、ソファーの座面に腰かけてもらい、股を大きく広げさせる。そしてスカートをめくり上げた。

ムッチリと肉づいた二本の太腿。その狭間で、ベージュのパンティが股間の部分をしとどに濡らしていた。生地に押し潰された茂みが複雑に絡み合っている様も透けて見える。

あまりの湿り具合に、股布がぴったりと女陰に張りついて、厚みのある肉唇の形を明瞭に浮かび上がらせていた。

「もうグッショリですね。まるでオシッコを漏らしたみたいですよ」

「だ、だって、直くんがあんなに乳首をいじめるから……いやぁあん、そんなに見ないでぇ」

濡れ染みは、尻の方まで広がっていた。房恵に腰を上げてもらい、二本の脚からパンティを引き抜く。たっぷりと蜜を吸ったパンティは、少し重くなっていた。

再び両脚を広げさせてから、直人は、彼女の膝の裏をグイッと持ち上げて、俗にいうマングリ返しの体勢を取らせた。

女陰に顔を近づければ、癖のある甘ったるい淫香が嗅覚を刺激する。

ただ、汚れの匂いはほとんど感じられなかった。違和感を覚えつつ割れ目にしゃぶりつき、大陰唇ごと口の中に咥え込んで、蜜肉のあちこちに舌をなすりつける。

(あれ、今日は、塩味が薄い……?)

そういえば、さっき背中を舐めたときも、ほとんど味がしなかった。

「房恵さん、午前中はパートでしたよね？　帰ってきてから、お風呂に入ったりしました?」

「え、ええ」ひっくり返った蛙のような格好で、房恵は頷く。「今日も直くんが来てくれるんじゃないかと思って……一応、シャワーを浴びておいたの」

「ああ、やっぱり……でも僕、房恵さんのオマ×コの匂いが好きなので、ちょっと残念です」

汗と小水の香りが混ざっている方が、男の劣情が煽られるのだ。味も、塩気を含んでいないと、なんだか物足りない。女の秘部を舐めているという実感が薄かった。淫蜜に溶け込んだヨーグルトのような甘酸っぱさは、いつも以上にはっきりと味わうことができたが。

「な、直くん……女の、アソコの匂いが好きだなんて……ダメよぉ、そんなの、変態みたいだわ」

「別に、男なら普通だと思いますよ。あんまり臭かったら、さすがに困りますけど。房恵さんのオマ×コの匂いは……ちょうどいい感じです」

「ちょ、ちょうどいいって……少しは臭いってことじゃない。酷《ひど》いわ、直くん……あ、あっ、ク、クリぃいっ」

ラビアに絡みついた蜜をすっかり舐め取った後は、陰核を責める。

舌先で軽くつつけば、すでに膨らみきった肉豆がさやからツルンと顔を出す。直人はそれをに唇を当て、頰に凹みが出来るほどチュウチュウと吸い上げた。

「ダメ、ダメーッ、イッちゃう、イッちゃうからぁ！　はひっ、いいイィ！」

嫌というほどの乳首責めで官能を高ぶらせていた房恵は、たちまちクンニ悦の渦に呑み込まれる。歯を食い縛る程度では無駄な抵抗だった。

「あうぅ、イク、イクイクッ……うう、ウーッ!!」

ガクガクと戦慄き、ソファーを軋《きし》ませて、呆気なく果ててしまう。

しかし、完熟期を迎えた女がただのクンニだけで満足するわけもない。房恵は、肩で息をしながらも、艶めかしい眼差しで直人を見つめ、猫撫で声を発した。

「あぁん……これで終わりじゃないわよね……？　早く、オチ×チンを……直くんの立派なオチ×チンを、ちょうだぁい」

「ええ、いいですけど、その前に訊きたいことがあるんです」

ズボンの中では若勃起が挿入を待ち望んでいる。だが、童貞を卒業した今の直人には、挿入以外にもやりたいことがいろいろあったのだ。

房恵が怪訝そうに首を傾《かし》げる。「訊きたいことって……なぁに？」

直人は言った。「里沙の制服とかって、まだ残っています？」

2

房恵の娘——里沙は、思い出の品にほとんど執着しない性格で、高校を卒業した後、制服の類いはいらないから捨てちゃってと言ったそうだ。

しかし、房恵は逆に、思い出の品を大切にする質だった。娘の成長の記録ともいえる品ならなおさらで、高校の制服だけでなく、中学のときのものもしっかりと残しているという。

「本当に、私に着てほしいの……？」

クローゼットの衣装ケースからセーラー服を取り出した房恵は、困惑した顔で尋ねてきた。直人は笑顔で頷く。

「はい、房恵さんの制服姿、是非見たいです」

「……わかったわ。でも、きっと似合わないわよ。変でも笑わないでね？」

相変わらず房恵は、直人のお願いに弱かった。気が進まない様子でありつつも、立ち上がってセーラー服に袖を通す。

「あ……ねえ、下着はどうする？」

「え？　うーん……いや、いいです」

房恵は一糸まとわぬ姿だった。どうせこの後、淫らな行為に及ぶのだから、ノーブラ、ノーパンのまま着てもらうことにする。直人は、彼女に背中を向けて、ワクワクしながら待った。

(普通なら、女の人が服を脱いで裸になるのが嬉しいのに、今はその逆だな)

衣擦れの音、ファスナーの音が、妙に男の欲情をくすぐる。

と、房恵は、なにやら困っているような、苦労しているような声を漏らした。

「……どうかしましたか？」

「う、うん、一応、着られたんだけれど……やっぱり、ちょっときついわ」

直人は振り返る。セーラー服姿の房恵に思わず目を見開いた。

衿《えり》が紺色の、白い夏服である。ちゃんとスカーフも結んでくれている。

ただ――房恵と違い、里沙はわりと小柄でスレンダーな体型だったのだ。サイズが合わないため、セーラー服の上の方はどこもかしこもピチピチ。房恵の豊艶ボディが辛うじて収まっている状態だった。

「おお……思ったとおり、よく似合ってます」

「ええっ、う、嘘でしょう？　いい年して、こんな格好して、恥ずかしいわ……」

クローゼットの扉の裏側に姿見《すがたみ》が据えつけられている。房恵は己の格好を確認し、いやぁんと呟いて顔中を紅潮させた。

しかし、直人が見たかったのは、まさに今の彼女の姿だったのである。

そもそも、発展途上の少女の身体を包むのが、その服の本来の役目。セーラー服では、脂の乗りきった女の色香はとても封じ込められない。溢れる牝フェロモンがだだ漏れだった。

しかも房恵は、人並み外れた爆乳の持ち主である。セーラー服の胸元が極限まで張り詰めていた。裾が持ち上がって、へそが丸出し状態である。

だが、なにより扇情的だったのは、羞恥《しゅうち》に身をよじっている房恵の有様だった。

彼女の恥じらう姿には、男の劣情を煽り立てるものがある。嫌がっているようで、どこか艶《なま》めかしく、ますます辱《はずかし》めたくなるのだ。

直人は、シャツの胸ポケットからスマホを取り出し、アラフォー女子校生の痴態をカメラで撮影する。慌てて両手で顔を隠す房恵。

「きゃっ……ちょ、ちょっと、こんな格好、写さないでぇ！」

「誰にも見せませんよ。せっかくこんなイヤらしい格好をしてもらったんだから、写真に撮らないともったいないです。さあ、顔を隠さないで」

パシャッと、また一枚撮った。そして〝お願いします〟と魔法の呪文を唱える。

「ああ……あぁあ……ほ、本当に、誰にも見せない……？」

「はい、一人だけでこっそり見て愉しみます。たまにオナニーのネタに使わせてもらうと思いますけど」

「い……いやぁん」房恵は、イヤイヤと肩を振った。

が、彼女の手が、ゆっくりと顔から離れる。直人を見つめる瞳は仄かに潤み、発情した牝の色にすっかり染まっていた。

「オナニーなんてしなくても……直くんがエッチな気分になったら、私がいつでも気持ち良くしてあげるから……」

房恵が近づいてきて、直人の股間に手を伸ばす。

ズボンの膨らみをさすり、嬉しそうに頬を緩めた。ひざまずいてファスナーを下ろし、屹立を引っ張り出す。汚れた牡器官に頬ずりしながら、小鼻をクーンと膨らませて恥臭に嗅ぎ惚れた。

（なんだかんだ言って、房恵さんだって、僕のチ×ポの匂いが好きだよな）

その様子を直人が写真に撮っても、房恵はもう嫌がらない。朱唇を開けて雁首まで咥え込み、裏筋を舌で舐め擦った。それから首を振ってチュパチュパとしゃぶりだす。

「ううっ……あ、ありがとうございます」

房恵の口淫奉仕を受けるのは、これが初めてではない。真紀ほどのテクニシャンではなかったが、かつては人妻だっただけあって、男のツボは充分に理解していた。

それにプリプリとした肉厚の唇は、ただ咥えて擦るだけでも、たまらない愉悦をもたらしてくれる。直人はカウパー腺液をちびりながら、房恵のおしゃぶり模様を、雁高のエラにひっかかって卑猥にめくれる朱唇を、連続写真のように何枚も撮った。

（これは……想像以上にエロいな）

四十路《よそじ》を越えた爛熟女が、セーラー服姿で肉棒をしゃぶっている。雁首のくびれに集中口撃を加えつつ、幹の根元に絡めた指で小刻みにしごき立ててくる。また、なんとも旨そうに笑顔を蕩けさせて。

なんでも、世の中には人妻風俗やら熟女風俗なるものがあるそうだ。オプションでコスプレをしてくれるサービスもあるとか。きっとこんな感じなのだろう。

房恵のことが、金で男に奉仕する風俗嬢のように思えてきて、ますます直人は興奮した。じわじわと射精感が湧き上がってくる。

しかし、このまま果てるつもりはなかった。房恵が大切にしまい込んでいた衣装ケースには、まだ他にも彼女に着てほしいものが入っていたのだから。つまり、お楽しみは始まったばかり。そう簡単に射精してはもったいない気がした。

名残惜《なごりお》しくもあるが、腰を引いて後ろに下がり、彼女の口から屹立を引き抜く。

「え……どうしたの、直くん？」

「いや、あの、次はこれを着てほしいんですけど……」

衣装ケースの中から直人が取り出したのは、高校時代の里沙の体操服だった。

今時は女子生徒もハーフパンツやクォーターパンツが普通だが、直人と里沙の通っていた高校では、どういうわけか古式ゆかしいブルマが採用され続けていた。

毒を食らわば皿まで——というわけではないが、すでにセーラー服姿を晒してしまった房恵は、恥じらいつつも、もはや拒否する気はないようだった。

「わ……わかったわ。直くんのお願いなら、着てあげる」

当然、今度の体操服も房恵の身体には小さく、柔らかく伸縮性のある生地で出来ているとはいえ、着るにはなかなか苦労する。直人も手伝い、房恵に万歳をしてもらって、体操服の上着に女体の上半身を通していった。

彼女のメロン大の膨らみが、生地に押し潰されている様子まで、ありありと形を浮かび上がらせる。乳首の突起の位置もはっきりとわかった。

ブルマも限界まで引き伸ばして、よく肥えた熟臀をなんとか包み込む。

いや、尻たぶの肉は、ほとんどが外にはみ出していた。そのはしたない有様をしっかりと撮影した直人は、次に体操服の裾をつかんで、双乳が丸出しになるまでめくり上げる。

「あっ!?　い、いやぁ……」

ピチピチの体操服は、腋の下までめくれた状態で裾がひっかかっていた。

「ああ、とてもエロいですよ。そうですね……それじゃ、そのまま両手でオッパイをすくい上げるようにしてください」

直人は細かいポーズを注文する。ただの裸を写真に撮られるよりも恥ずかしそうに、房恵はますます頰を赤々と染めた。それでも直人の言うとおりにして、卑猥なグラビア写真の如き格好で、スマホのレンズにその身を晒す。

「あぁ、恥ずかしすぎるわ……は、早く撮っちゃってぇ」

悩ましげにひそめた眉がなんとも色っぽい。

直人は、高ぶる劣情のままに、房恵の痴態を撮影しまくった。淫水が浸みて、紺色がさらに濃くなった股間も、実に写真映えした。

それから彼女の胸元にレンズを寄せて、充血し肥大した乳首にアップで迫る。

最近のスマホのカメラは大変優秀で、乳輪の微かな皺や小さな粒々までくっきりと写し撮ることができた。

「もう……オッパイなら、いつでも見せてあげるんだから、わざわざ写真に撮らなくてもいいのに……」

「写真で持っているっていうのが、また嬉しいんですよ」

直人の写欲は、まだまだ満足していない。新たなシチュエーションで撮影するため、ズボンとボクサーパンツを脱ぎ捨て、ダブルベッドの縁に腰かけた。

「それじゃあ房恵さん、その格好で、パイズリをお願いします」

股を広げ、そそり立つ肉棒をさらけ出す。すると房恵は怪訝そうな顔をした。

「パイズリって……オッパイでオチ×チンを挟むやつでしょう？　男の人って、変わったことをしてもらいたがるわよね……」

生前の夫にもせがまれて、よくパイズリをしてあげていたという。

自分の妻がこれほどの爆乳だったら、やはりお願いせずにはいられなかったのだろう。彼の気持ちがわかり、直人は苦笑いをした。

「男の夢というか、憧れというか……フェラチオと同じくらいに、一度は体験してみたいことなんですよ」

「フェラチオは、なんとなくわかるのよ。けど、パイズリは……あれ、本当に気持ちいいの？」

「どうなんでしょう。経験がないのでわからないです」

直人の言葉に、房恵は首を傾げる。が、それでも言うとおりにしてくれた。

直人の前で膝をつき、豊かすぎる双乳を両の掌ですくい上げると、その谷間に屹立を挟み込む。

「あら、ふふふっ、やっぱり凄い……あの人のオチ×チンは、私のオッパイの中にすっぽりと隠れちゃったのに……」

左右の乳房の合わせ目から、直人の巨砲がニョッキリと顔を出していた。

房恵は早速、身体を上下に揺らし始める。柔らかな乳肉が、ペニスを圧迫しながら緩やかにしごきだした。

（おう……これはなかなか）

手コキやフェラチオとは、また違う感覚だった。まるで芯を感じさせない底抜けの柔肉が滑ると、未体験の快感が生じる。なめらかな乳肌の感触も、雁首を甘美な摩擦感でくすぐってきた。

「どう、直くん？　こんな感じだったと思うんだけど……」

久しぶりの乳奉仕に少々戸惑っていた房恵。だが、次第にやり方を思い出したのか、動きがよりスムーズに、より複雑になっていった。身体の上下運動で大きくストロークしたかと思えば、双乳を揺らして小刻みに擦り立てる。

「おうっ……あ、あぁ……」

瞬く間に追い詰められるような愉悦ではなかったが、その分、じっくりと味わえそうだった。躍動する乳房に、目でも愉しむ。

「うん……気持ちいいですよ、やっぱり」

すると房恵は無言で微笑んだ。やはり男が気持ち良くなってくれた方が、パイズリのし甲斐もあるというものだろう。その後、しばらくの間も、房恵は無言だったが、その理由はすぐにわかった。

乳房の谷間から顔を出したり引っ込めたりしているペニス。

その真上で、房恵は閉じていた朱唇をそっと開く。すると、唇の隙間から透明な液体が溢れ出し、パンケーキに垂らすメープルシロップの如く、トロトロと亀頭に降り注がれた。

「ふうっ、こうするとあの人は悦んだんだけど……」

房恵の唾液が、肉棒を伝って双乳の狭間に流れ込む。ストロークに合わせ、ヌチュチュ、グポポッと、下品な音が鳴り響いた。

途端に、先ほどまでとは比べものにならない愉悦に包まれる。

ぬめった乳肉がペニスに吸いついてきて、たまらない摩擦感をもたらしたのだ。滑りが良くなったことでパイズリも加速する。泡立つ唾液が、乳肉同士の合わせ目からブクブクと溢れ出し、すえたような恥臭を漂わせた。

「おおうっ、こ、これ、とってもいいです。はっ……うぅぅ」

「ほんとに？　ふふふっ、じゃあ、頑張っちゃうわね」

房恵の動きは最高潮に激しくなる。長いストロークで幹をしごき、左右の肉房を互い違いに擦り合わせるようにして、雁首を擦り、亀頭を揉みくちゃにする。

鈴口から先走り汁が、直人の額からは汗が噴き出した。さっきのフェラチオのときよりも強烈な射精感が込み上げ、前立腺が痺れだす。

（ああ、どうしよう。もうイッちゃおうかな）

房恵にはまだ着てほしいものがあったので、その艶姿《あですがた》を見てから思いっ切り射精するつもりだった。が、よだれを使ったパイズリの愉悦が予想外に気持ち良く、アクメ欲が自分でも抑えられなくなる。

直人は房恵に尋ねた。「このまま出しちゃっても……い、いいですか？」

「このまま……？　う、うーん」

房恵は、いったん乳奉仕を止め、胸の谷間のペニスを一瞥《いちべつ》する。

「この状態で、直くんが射精したら、私の顔にかかっちゃうと思うんだけど……」

なんでも房恵の旦那は、パイズリのまま射精したことはなかったという。妻の顔を汚してしまうようなことまではできなかったのだろう。

だが、直人としては、せっかくパイズリでここまで高まったのに、別の形でフィニッシュするのは、なんだかつまらなかった。

それに、〝夫にもさせたことがなかったこと〟をやる――というのも、未亡人との情事の醍醐味《だいごみ》なのではないかという気がする。

「あ……じゃ、じゃあ、僕がイクときに、口を開けておいてくれます？　そしたら、なるべく口の中に入るようにしますけど……駄目ですか？」

甘えるように房恵の顔を覗き込む。

無論、彼女が駄目と言うわけもなかった。

「うぅん……そうね、私も、直くんが射精するところを一度は見てみたいし……わかったわ」

優しく微笑んで、房恵は頷いた。

そしてダイナミックな乳擦りを再開する。タップンタップンと躍る乳房で肉竿を責め立てる一方、首を伸ばし、谷間からはみ出している亀頭にレロレロと舌を絡みつけてきた。

「ううっ、そ、それ……物凄く、エロくて気持ちいいですっ」

裏筋が引き攣り、陰嚢が硬く収縮する。限界は目前だ。

震える手でスマホを操作し、パイズリしながら亀頭に舌舐めずりする、熟未亡人の助平な有様を写真に残す。手ぶれしてしまったので、二度、撮り直した。ようやく綺麗に撮れたと、気が緩んだ瞬間、前立腺が断末魔を迎える。

「あぁっ、出ます、出ます、房恵さん、口を開けてっ……うっグゥウウッ!!」

房恵は急いで朱唇を開いた。その刹那《せつな》、水鉄砲の如く発射された液弾が、大きく広げられた口の中に飛び込み、彼女の喉の奥深くを撃ち貫く。

「ウウッ!?　く、んぐっ、んぐっ」

目を白黒させ、それでも口を開けたまま、房恵は射精を受け止め続けた。

ザーメンが口内からこぼれる前に、ゴクッ、ゴクッと、飲み下していく。

3

直人は腰の角度を調節して、肉筒の照準を合わせようと努めた。

しかし、ザーメンを噴き出すたびに陰茎はビクッビクッと痙攣し、どうしても狙いがずれる。大半の白濁液は房恵の口内に注ぎ込まれたが、にもかかわらず、結構な量を、房恵の顔のあちこちにまき散らしてしまった。口の周りはおろか、顎や鼻、額にまで。

ドロドロの青臭い生殖液で汚された、熟れ女の顔――。

直人は申し訳なく思うが、同時に抑えがたい劣情を覚える。大急ぎで一枚だけ写真に撮り、それから慌てて謝った。

「すみません、こんなに飛び散るとは思わなくて……今、拭《ふ》きますね」

口内の精液を飲み尽くした房恵は、少々呆れた様子だった。

「もう、直くんったら……ティッシュは化粧台の上よ」

しかし、怒ってはいなさそうである。やはり彼女はどこまでも直人に甘い。顔に張りついたザーメンを拭いてあげると、嬉しそうに微笑んですらいた。

(さてと、それじゃあ最後に着てもらうのは……あれだ)

粗相《そそう》をしてしまったが、しかし淫らなコスプレショーを終わらせるつもりはない。直人の写欲も、性欲も、未だ満たされてはいないのだから。

顔の汚れを拭き終わると、お返しに房恵も、お掃除フェラで肉棒を綺麗にしてくれた。亀頭にへばりついているザーメンを舐め取り、尿道内に残っている分も鈴口に唇を当てて吸い取ってくれる。

唾液まみれの幹も丹念に舐め清めると、房恵は、一向に力感を失っていない若勃起に笑みをこぼした。媚びるような上目遣いでねだってくる。

「ねえ、直くぅん……そろそろオチ×チンを……いいでしょう、ね？」

「チ×ポを……どうするんですか？」

「あぁん、わかっているんでしょう？　もう、意地悪ね」

房恵の手が、直人の太腿を軽くつねってきた。まるでイチャイチャとふざけ合っているカップルのようである。

ここまでペニスの挿入をお預けにしてきたが、そろそろ房恵も我慢できない様子。直人は苦笑いを浮かべ、パーカーとTシャツ、靴下を脱いだ。房恵もいそいそと裸になろうとするが、やはり体操服がきつくて一人では脱げない。再び直人が手伝ってあげる。

全裸になった房恵は、早速ベッドに上がろうとするが、直人がそれを制した。

「セックスをする前に、最後にもう一つ、着てほしいものがあるんですけど……」

「えっ……ま、まだあるのぉ？」

すっかりやる気になっていた房恵は、さすがに不満げに顔をしかめる。

直人は、挿入をさらに引き伸ばすつもりはないと、その〝服〟を着ている房恵さんとセックスがしたいのだと伝えた。房恵はほっとした顔で、そういうことならと承知する。

「ありがとうございますっ。じゃあ、これを──」

直人が最後に選んだもの。それは、スクール水着だった。

試しに自らの身体にスクール水着を当ててみて、房恵は難しい顔をする。

「これは……いくらなんでも無理なんじゃないかしら……」

父親似の小柄な里沙の水着──やはり房恵が着るには、縦の寸法が相当に足りていなかった。しかし、だからこそ直人は不埒《ふらち》な期待を膨らませる。

「とりあえず、着れるところまで頑張ってみてください。僕も手伝いますから」

「……わ、わかったわ」

まずはスクール水着に両脚を通した。それから、ゆっくりとずり上げていく。

伸縮性のある素材なので、房恵の豊臀も、例の如く尻たぶを大きくはみ出させていたが、それでも一応は収まってくれた。

だが、果たせるかな、寸法が足らずにストラップが肩まで届かない。

（……まあ、そうだろうな）

直人に躊躇いはなかった。力任せに、さらに水着を引っ張り上げる。

「あっ、あうぅ！　待って、直くん、それ以上は……」

「大丈夫、まだ、伸びますよ。ほら、あともうちょっとで……」

「くっ……食い込むぅぅう……！」

爪先立ちになって、苦しげに眉間に皺を刻む房恵。しかし直人は容赦なく水着を引っ張り続け、ついに彼女の腕を通し、ストラップを肩に嵌めた。

「やった、着れましたねっ」

「き、着れたけど……これは無理……無理よおぉ」

限界まで伸びきった水着は、ギチギチと女体に食い込んでいる。まるで拘束衣のように締め上げている。

胸元の布が足りていなくて、双乳の谷間が露骨《ろこつ》なほど剝き出しになっていた。脇からも横乳がこぼれそうである。

そして股間の三角形は、縦に強引に引き伸ばされ、まさにハイレグ状態だった。ふさふさとした濃いめのヘアはもちろんのこと、大陰唇の膨らみまで外にはみ出してしまっている。

(おお、いいぞ、いいぞ)

直人は、ベッドに上がるよう房恵を促した。そして淫靡なポーズを注文する。

「座って、股を……こう、思いっ切り広げてみてください」

「こ……こう？　ううっ……く」

房恵は、背中側で両腕を突っ張り、肉感たっぷりのコンパスを開いていった。

Mの形になるまで開脚すると、股間の有様があからさまとなる。引っ張られて真ん中に寄せ集まった股布は、さながら極細の帯か、あるいは紐のよう。

それが痛々しいほど女の股に食い込んでいる。肉溝の内側にたたみ込まれた小陰唇は、辛うじて股布の中に収まっていた。

期待以上のイヤらしさに胸を高鳴らせ、直人は早速、スマホのレンズを近づけた。

画面を覗き込んで、いざ撮影ボタンをタップしようとする。

と、画面の中に微かな異変が起こった。水着の股布の奥で、なにかがもぞもぞっと動いたのだ。なんだ？　と、スマホの画面から目を離し、実物の方を凝視する。

蠢いたのは、割れ目の内側に折りたたまれていた花弁だった。

それが次の瞬間、股布でしごき出されるようにして——ベロンッと左右からはみ出した。

（う、うおっ、おおおっ……!?）

その猥褻すぎる光景に、直人は写真を撮るのも忘れるほど興奮する。しばらくすると房恵が焦《じ》れたように尋ねてきた。

「な、直くん、もういいでしょう……？」

「あっ……は、はいっ」

今のは動画で録《と》っておけば良かったと、少なからず後悔する。

とりあえず、媚肉をはみ出させた破廉恥な股ぐらの写真は撮っておく。そして、

「じゃあ、僕は仰向けになりますので、房恵さんは上になってくれますか？」

騎乗位での挿入をお願いした。房恵はスクール水着を脱ぎたがったが、しかし直人

は許さなかった。

「あう、うぅ……こんなにきついと……う、上手く動けないわぁ」

よろよろと房恵は立ち上がり、仰臥《ぎょうが》した直人の腰の左右に足を置く。腰を下ろして、相撲取りのような蹲踞《そんきょ》の姿勢になる。

直人は、下腹に張りついていた剛直を握り起こして待ち受けた。房恵はスクール水着の股布に指をひっかけ、半ば無理矢理に脇へずらす。秘唇の奥に現れた肉の窪地に亀頭をあてがうと、悦びの吐息を漏らして、さらに腰を落としていった。

「はひっ……は、入ってくる……あぁん、やっとおぉ」

直人は急いでスマホを操作し、ペニスが女の穴に呑み込まれていく様を、写真ではなく、動画で撮影する。また決定的瞬間が訪れるかもしれない。今度は録り逃したくなかった。

亀頭から雁首、そして幹へ——温かく柔らかな膣肉に包み込まれていく感触で、たびたび録画の手ぶれを禁じ得ない。

陰茎の隅々に隙間なく張りついてくる包容力は、やはり出産経験もある、熟れた女ならではの膣穴なのだろう。そしてサイズ足らずの水着に身体を締めつけられているせいか、今までよりも肉路が少々きつく感じられた。

「きょ……今日の、房恵さんのオマ×コ……いつもより、気持ちいいです」

「はぁ……ん、んっ……私も、なんだか、直くんのオチ×チン、いつもよりおっきく感じるわぁ……うぅんっ」

ほどなくペニスの先端が膣底に達する。だが、まだ根元までは収まりきっていない。房恵は大きく息を吸い込むと、さらに身体を沈めていった。膣穴の奥がググッと伸張し、数センチほどあったペニスの残りが肉壺にズップリと嵌まり込む。豊満なヒップが、直人の太腿に静かにのしかかってきた。

「ふぅ、んんぅ……っく」ビクビクと腰を戦慄かせる房恵。「オチ……チンが……お、奥に、グリグリ……あ、あ、い、いぃい」

直人は牡と牝の結合部を撮影する。恥丘と恥骨に押し潰された大陰唇。平たくひしゃげ、ペニスの付け根に絡みついている花弁。

そして房恵は抽送を始めた。スクワット運動の如く女体を上下に揺らす。

角の取れた肉襞が、亀頭を、雁首のくびれを、その他の陰茎のすべてを、撫でるように摩擦してきた。甘やかな快美感に直人はうっとりする。

「ふぅ、うう……さっきのパイズリも、気持ち良かったけど、やっぱり、房恵さんのオマ×コが一番好きです」

「そ、そう？　う、うふふっ」房恵は嬉しそうに微笑んだ。「私も、直くんのオチ×チン、大好きよ……もっと、もっと、くううっ……気持ち良くなりましょうね」

房恵の嵌め腰がより情熱的になる。直人の胸に両手をついて、妖しくくねる女腰を上下させる。抽送も加速するが、房恵は痛そうに顔をしかめた。

「おぉお……お股が、水着で擦れるぅ」

どうやら、脇にずらした水着の股布が、太腿の付け根に食い込んで、スクワット運動に合わせて擦れるらしい。

ならばと、直人も腰を使い始めた。宙に浮いている女陰を、腰をバネにして突き上げる。肉の拳のアッパーカットで、ズンズンズンッと子宮口を連打する。

「あぁ、あっ！　いひぃ、いぃわぁ！　も、もっと、強くぅ……はっ、はっ、ふっ……う、うっ、んんっ」

たちまち淫水の量が増え、卑猥な肉擦れ音がジュボッジュボボッと響きだした。

蕩けた蜜肉の感触にカウパー腺液をちびりつつ、直人は、飛沫《しぶき》をまき散らしている結合部にスマホを近づける。

「ふっ……んっ……凄い音、ですね……このイヤらしい音も、きっと、しっかり録れてますよ」

すると、房恵が突然、目を丸くした。「え……音？　もしかして……あふっ、ま、待ってぇ……動画を、録っているの……!?」

房恵はまったく気づいていなかった。直人は、改めて動画を録る許可を求めたりはしなかったが、しかし房恵にとって、写真と動画では話が違うようだった。

「いやぁん、動画はダメ、ダメよぉ、おうっ、おひぃ！　あぁぁ、止めてぇ……んむ、むぐぐっ」

なにを思ったのか、房恵は両手で朱唇を塞ぐ。

子宮を震わせる突き上げに背中を仰け反らせ、蹲踞の姿勢で膝をブルブルと戦慄かせ――それでも、口元から手を離そうとはしなかった。喉の奥で、くぐもった呻き声を響かせる。

「ん、んぐっ……ふぐぅう、ううっ！　うう、ううう……んおおぅ……！」

「ひょっとして……喘ぎ声が出ないように、してるんですか？」

苦しげな表情で、房恵はコクコクと頷いた。

（喘ぎ声を録音されるのが嫌なのかな……？）

写真になくて動画にあるもの、それはやはり音だ。

いったん抽送を止めて、直人は尋ねる。「そんなに嫌ですか？　だって、房恵さんの喘ぎ声なら、僕は今、実際に聞いてるんですよ？」

しかし房恵はブンブンと首を横に振る。ようやく口元から手を離して答えた。

「今聞かれるのはいいけど……うん、本当は、今だって恥ずかしいのよ。だから動画で保存されて、後で何回も聞かれるなんて、絶対に嫌よぉ」

喘ぎ声は、その人がどれだけ感じているかのバロメーターでもある。房恵は、自分が肉悦に乱れている証拠を残したくないのかもしれない。

気持ちはわからなくもないが、だからといって、せっかくの嵌め撮りプレイをやめるつもりはなかった。

腰の突き上げを再開し、先ほどまでよりもさらに激しく、子宮をも揺さぶる勢いでポルチオを抉りまくる。

「あふぅん！　だ、だから、ダメだってぇ……ふ、ふむぅ、うぐぅんんっ」

慌てて口を塞ぐ房恵。だが、直人は容赦しない。パンッパンッパーンッと腰を叩きつけ、膣底を乱打すると同時に、クリトリスがひしゃげるほど恥骨で押し潰す。

房恵の熟臀が下がってくると、直人はブリッジの如く腰を反らして持ち上げた。奥にめり込んだ亀頭で、膣肉をグリグリとすり潰す。そしてまた、苛烈に突き上げた。

「ふぐーっ、んんん、うんぐぅうーっ！」

ときおり白目を剝きかけて、瞳に随喜の涙すら浮かべ、獣の如く喉の奥で唸りながら房恵はよがり狂う。眉間の皺がピクッピクッと痙攣した。熱い鼻息が漏れるたびに小鼻がぷくっと膨らんだ。

直人はスマホのレンズを、なんとも艶めかしく苦悶する年増女《としまおんな》の顔に向ける。

「口元が隠れていても、わかりますよ。今、物凄く、イヤらしい顔をしてますね？」

「ん、んぐ、んんーッ！」

悲痛な呻き声を上げると、房恵は片手で口元を押さえたまま、もう片方の手で目元を隠した。だが──直人はいったんスマホを置いて、ガバッと起き上がり、彼女の両手を顔から引き剝がす。

流れるように、スクール水着のストラップを左右一辺に外側にずらし、力を込めて一気にずり下ろした。胸元がめくれ、圧巻の爆乳がブルルンッと転がり出る。

そして、ちょうど肘の辺りにひっかかったストラップは、房恵の両腕を拘束した。手が顔まで届かなくなる。もう、口を塞ぐことも、目元を隠すこともできない。

「あっ、あぁあ、待って、直くん、待ってぇ！」

「待ちませんっ！」

拘束された女体を責めるのは、すっかり慣れたものである。突いて、突いて、突きまくり、ペニスと恥骨を激しく打ちつける。その衝撃で、剥き出しになった乳房が宙に浮くほど跳ね上がった。

「んひーっ！　ダ……ダメッ、気持ち良すぎて、声、出ちゃうぅ……ふぐっ、ふぎっ、いっ、ひっ、ひぎぃぃい！」

食い縛った歯の隙間から悲鳴を漏らし、朱唇の端からはよだれを垂らして、狂おしげに首を振り回す房恵。羞恥の責め苦に、その顔は歪んでいた。

が、しかし、愉悦の表情も見て取れる。頬が微かに緩んでいる。苦しみと悦びの入り混じった、なんとも卑猥なアヘ顔を晒していた。

「いや、あぁあ、こんなの、恥ずかしすぎるのに……か、感じちゃウウッ！　お願いよぉ、直くん、録画は、止めっ、止めてえぇえっ！」

言葉とは裏腹に、ペニスに張りついた肉壁は活《い》き活きとうねっていた。恥じらえば恥じらうほど、まるでそれに歓喜するかの如く。

「おううっ……い、今の房恵さん、凄くエロくて、素敵ですよっ。声も、顔も、身体も、オマ×コも……全部エロい、エロエロな房恵さんが、僕、大好きです！　もっと感じて、ほら、ほらほらっ！」

「そんな、あぁあぁ、そんなこと言われたらぁ……ああっ、も、もう……やだ、やだ、ダメ、ダメぇぇえッ……！」

女体が、ひときわ激しく痙攣する。

蹲踞の姿勢からバランスが失われた。後ろに倒れながら、絞り出すような声で房恵は呟いた。

「イッ………クゥ……!!」

ペニスが女壺からすっぽ抜ける。

仰向けに倒れた女体は、あられもなく大股を広げていた。直人の巨根で押し広げられた膣穴は、ぽっかりと口を開いたまま、白く泡立つ本気汁をだくだくと垂れ流している。

直人の胸中で、獣の如き欲情が荒ぶった。すぐさま女体に覆い被さり、はしたない下の口に剛直で栓をする。片腕で彼女の太腿の片方を抱え込み、反対側の手で頑なにスマホを構えて、アクメに達したばかりの肉壺を滅多突きにした。

「ヒッ……ンギィーッ！ 今はダメッ、待って、待ってぇぇッ！」

房恵は目玉をひっくり返し、汗だくの女体を仰け反らせてガクガクと震わせる。感度を極めた牝肉を掻きむしられ、抉られる激悦に狂っていた。

「うっく、ううっ、房恵さんのオマ×コ、これまでで一番気持ちいいです！ オマ×

コの肉が、入り口から奥に向かって、チ×ポを引きずり込むようにうねって、揉みほぐしてきて……くっ、くっ、ふうっ！」

「フーッ、ううぅ、ダメェ、壊れるゥ！　あぅウゥ、またイク、来ちゃう、イッ……イイイッ……イヒィイッ！」

房恵の痴態を余すところなく撮影しているうちに、直人の射精感もいつしか後戻りできないところまで来ていた。動画には記録されない、部屋中を満たすセックスの淫臭を胸一杯に吸い込み、最後の一瞬まで嵌め腰に全力を尽くす。

「で、出るっ、僕も、イキますよ……おっ、おおっ……あっ、ああっ!!」

最後の一撃を子宮に見舞い、その直後、鈴口から樹液を勢い良く噴き出した。力強く肉棒を脈動させ、さらに二発目、三発目と、女の身体の一番奥へ放出する。

「アアッ、すご、凄おぉ、またイクッ、イクイクッ、イイッグゥううーッ!!」

大量の中出しを受けて、房恵は立て続けのオルガスムスに堕《お》ちていった。

波打つ膣肉に、直人は最後の一滴まで搾り取られる。やがて深い息を吐き出し、ペニスを女壺から引き抜いた。

大口を開けた膣穴から、今度は本気汁だけでなく、ザーメンも混ざってドロリ、ドロリと溢れ出してきた。緩やかに会陰を伝い、アヌスの窪みに溜まっていく。直人の大好きな一瞬だ。

爛れた肉溝にスマホのレンズを近づけ、膣口の奥の襞のデコボコを解像するほどのアップで撮影する。が――

すぐにやめて、録画の停止をタップし、スマホをベッドの隅に放り投げた。

（ああ、まただ……）

セックスの高ぶりが鎮まりだすや、なんともいえぬむなしさが、隙間風のように胸の内を吹き抜けていくのだ。五日前からずっとこんな調子である。

そうなる原因はわかっていた。そんなとき、決まって直人の脳裏には母の顔が浮かんでいるのだから。

（母さんの、あのキスさえなかったら……）

直人の心には未だ母への慕情が激しく渦巻いており、房恵や真紀とのセックスは、いっとき、それを忘れさせてくれるに過ぎなかった。

4

（またメチャメチャにイカされちゃった。直くん、本当にセックスが……女を悦ばせ

るのが上手になったわ）

脱童貞から一週間程度しか経っていないというのに、目覚ましい上達ぶりである。自分とのセックスで、直人が男として急成長しているのだと思うと、房恵は誇らしさを禁じ得なかった。

（今日みたいに恥ずかしいのは、ちょっと困っちゃうけど……）

とはいえ、気が遠くなるほどの絶頂感だった。未だ女壺に甘い痺れを感じながら、白蜜まみれの直人の陰茎に舌を這わせる。

自分の愛液をも間接的に舐めているわけだが、可愛い直人のペニスの後始末をしていると思えば、なにも苦はなかった。幼かった彼の面倒を見ていた頃を思い出し、自然と頬が緩む。

と、幸せな時間が、電話の着信音で遮られた。房恵のスマホだ。

ごめんなさいねと謝って、お掃除フェラを中断し、化粧台の上に置いていたスマホへ手を伸ばす。直人は気を遣ってくれて、自身の衣服やスマホをひとまとめに抱え、寝室から出ていった。

電話をかけてきた者の名前をスマホの画面で確認し、房恵は少し驚く。

それは直人の母、貴子だった。彼女とは六歳年が離れているが、しかし長年の友達同士である。電話がかかってくること自体はちっとも珍しくない。

ただ、その彼女の息子と、たった今肉欲に溺れたばかりなので、少なからず気まずかった。ドキドキしながら電話に出る。声が上擦らないように気をつける。

「……はい、もしもし」

『あ……こんにちは、房恵さん。あの、今、大丈夫ですか？』

「え、ええ、大丈夫よ。貴子さんは、まだお仕事中？」

『はい』と、貴子は答えた。つい先ほど、音楽教室のレッスンが一つ終わって、今は休憩時間だという。

「ふぅん……それで、どうしたの？」彼女が、仕事の休憩中に、世間話の電話をかけてきたことは一度もなかった。それなりの用件があるのではと、房恵は察する。「あ……もしかして、直くんの晩ご飯のこと？」

今夜は房恵が、直人の夕食を作ってあげることになっているのだ。

大学の授業があるときは、だいたい学食で夕飯を済ませてくる直人だったが、今のような長期休暇の間は、スーパーやコンビニの弁当などにほぼ頼りっきり。そんな実情を知ったのは、ほんの二日前のことだった。

これまで、貴子からそのような話を聞いたことはない。言ってくれれば、毎日でも房恵が用意してあげるのだが、しかし貴子は、こと直人の養育に関しては、なるべく他人の力を借りたくないと思っているようだった。それが友達の房恵でもだ。

　付き合いが長いので、貴子の性格や考え方は充分に承知している。直人を一人前に育てるのが彼女の生き甲斐であり、できる限り自分の力だけでそれを成し遂げようとするのが彼女のプライドなのだ。

　だから今夜は、〝直人のために房恵が夕食を作る〟のではなく、〝一人で夕食を食べるのが寂しいので、直人に付き合ってもらう〟ということにしている。そういうことならと、貴子も納得してくれたのだった。

　しかし貴子が電話をかけてきたのは、その件ではないという。

　折り入って、房恵に相談したいことがあるのだそうだ。直人のことで。

「な、直くんが……どうかしたの？」

『はい、あの……それが……』

　貴子は、房恵の動揺には少しも気づいておらず、なにやら口籠もっている。

　しばらくして、蚊の鳴くような声でこう告げた。

『実は……この間、直人とキスしちゃったんです』

「……えっ!?」思いも寄らぬ告白にギョッとする房恵。まさかと思いつつも、一応確認する。「キスって……直くんの頬か、額に……？」

だが、貴子は違いますと言った。『そのとき、私、酔っ払っていて……ほら、直人って、死んだあの人に、本当に似てきたじゃないですか。それでつい、あの人にキスしている気持ちで、直人の唇を……』

「そ、それで……直くんはなんて？」

『そのときはなにも……ただ、あれから五日くらい経ったけれど、その後もなにも言ってこないんです。まるで、なにもなかったみたいに』

「……怒ってるわけじゃないの？」

『いえ……そういう感じは全然』

詳しく状況を聞くと、キスをしたときの貴子は、直人と亡夫を見間違えているふりをしていたという。

「じゃあ……あなたのために、なかったことにしようと思ってるんじゃない？　直くんがいつもどおりなら、あなたももう気にしない方がいいと思うけど……」

しかし、貴子が気がかりなのは、そういうことではないらしい。彼女が本当に相談したいことは、ここからが本番のようだった。

『ええ、直人の考えは、多分そういうことなんじゃないかと思います。けど……』

貴子には、どうしても気になってしまうことがあるという。

直人のキスが、とても上手だったのだそうだ。

房恵は、危うく「そうなのよねぇ」と相槌を打ちそうになり、寸前で思い留まる。

直人と身体を重ねるようになって、何度かキスもしたが、彼の口づけには房恵も驚かされていた。初めてとは思えないほど積極的で、拙さはあったが、どうすればいいのかをそれなりに心得ているような舌の動きだった。

直人は、ネットで勉強したんですと言っていたが――。

『それで、もしかしたら、直人に彼女がいるんじゃないかって思ったんです。その、つまりキスをさせてくれるような相手が――房恵さん、心当たりはありませんか？直人からなにか聞いたりしていません？』

「さ、さあ……私としてはうちの里沙と直くんが付き合ってくれたら嬉しかったんだけど、そうはならなかったみたいね」

『そうですか……』

貴子の声から、がっかりした様子が伝わってくる。

「ごめんなさい、役に立てなくて。でも……そんなに気になる？　直くんの年なら彼女がいても全然不思議じゃないわ。それに男の子は、恋人が出来たことをあまり家族には話さないものなんじゃない？」

『そうなんでしょうね。けど……やっぱり、ショックなんです』

直人が彼女のことを話してくれないからではない。貴子にとっては、直人に彼女がいること自体がショックなのだそうだ。

『あの子も大学生だし、周りには可愛い女の子がいっぱいいると思うんです。でも、直人がそういう女の子たちと仲良くしたり、その中の誰かと付き合って、デートして、キスして……そう考えるだけで、なんだかとっても胸が苦しく』

あの子が、私の直人が奪われてしまったような気がして——と、貴子は弱々しい声で心情を吐露する。

房恵の胸に罪悪感が込み上げた。なにしろ自分こそが、彼女から息子を奪った張本人なのだから。

「……ねえ、貴子さん」

『……はい』

「奪われたのなら……奪い返したらいいんじゃない？」

『え？』

貴子の戸惑いの声。房恵も、自分がなにを言っているのかよくわからなかった。

友達を苦しめてしまった後ろめたさのせいか、言い訳の代わりの言葉が口から溢れ出てくる。

「だから、あなたの手で直くんを取り返すのよ。直くんが誰かとキスをしているなら、あなたはそれ以上のことをしてあげるの」

『それ以上って……そんなこと、できません。お、親子なんですよ？』

からかわれているとでも思ったのか、貴子の口調が少し険しくなった。しかし、房恵はなおも続ける。わけもわからずに言ってしまった言葉だが、しかし口に出してみると、それがたった一つの冴えた解決法に思えてきた。

「でも、貴子さん、直くんにキスしちゃったとき、どうだった？　女として、なにも感じなかったの？」

うっ……と、貴子は小さく呻く。『そ……それは、その……』

「正直に答えて」

真っ直ぐに問いかける。長い付き合いで、彼女とプライベートな相談をし合うことは珍しくない。同い年の子供を育て、共に夫を亡くした――人生の戦友とも呼べる間柄なのである。

やがて、か細い声が返ってきた。

『……実は……感じちゃいました』

貴子は自己嫌悪の籠もった溜め息をこぼす。房恵には、うなだれている彼女の姿が見えるようだった。

『私、どうかしているんです。自分の息子相手に……』

「別にいいじゃない。私だって直くんとキスしたら感じちゃう——と、思うわ」

実際、直人と舌を交わらせれば、房恵の身体はすぐさま熱くなった。条件反射の如く、女陰は蜜を滴《したた》らせ、一刻も早く彼を迎え入れたくなるのだ。

「私も正直に言うわ。直くんのことは自分の息子のように可愛く思っているけど、でも近頃は、一人の男として見てしまうこともあるの。ごめんなさいね」

『ふ、房恵さんが……？』しばし貴子は絶句した。『い……いえ、そんな、謝らなくても……で、でも、房恵さんと私では、立場が違うじゃないですか』

「そうね、私は別に、お腹を痛めて直くんを産んだわけじゃないわ。だから、そんな目で見ちゃうのかもしれないわね。けど……それはあなたも同じでしょう？」

『そ、それは……』

またしても会話が止まる。沈黙が彼女の動揺を語った。

房恵は優しい声で、不安に苦しんでいる友達に向かって話しかける。

「よく考えてみて。どうなることが、あなたと直くんにとって一番幸せなのか」

電話を終えた房恵は、服を着て、軽く髪を整えてから、寝室を出た。

リビングダイニングに向かうと、直人もすでに服を着ていて、ソファーでスマホをいじっていた。壁掛け時計の針は——午後六時十五分を指している。

「直くん、お腹減ってる？　ちょっと早いけど、晩ご飯、もう作っちゃう？」

「あ……そうですね、はい、お願いします」

「わかったわ。三十分くらいで出来ると思うから待ってて」

リビングダイニングと一続きのキッチンに入る。エプロンを着けると、夕食の材料を取り出すために冷蔵庫を開け——

結局、なにも手にしないまま扉を閉めた。

（……直くんは、貴子さんが感じてしまうようなキスをしたのよね）

それはつまり、直人の方からも、かなり積極的にキスをしたということ。

酔っ払って勘違いをしている貴子のために父親のふりをしてあげた——という可能性もなくはない。

が、いくら優しい直人でも、母親相手に、男と女のキスまでするだろうか？

（もしかして、直くん……）

気になって料理どころではない。確かめずにはいられなかった。

キッチンを出て、ソファーの近くにつかつかと歩み寄る。スマホの画面に見入っている直人に尋ねた。

「ねえ、前に言っていた、直くんの好きな人って……もしかして貴子さんのこと？」

「えっ？」直人は顔を跳ね上げ、房恵を見つめる。「な……なんでっ……!?」

驚きと不安と戸惑いの入り混じった彼の表情に、房恵は充分すぎるほど理解する。やはりそうなのだ、と。

まさか、そんなことは――これまではそう思っていた。

しかし、今は不思議と納得している。思えば、小学生の頃の直人は貴子にべったりだったし、中学生になって思春期を迎えても、母親に反発したり、一緒に出かけることを嫌がったりはしていなかった。

里沙と同じ東京の大学を直人が志望しなかったのは、貴子を独りぼっちにしたくなかったからかもしれない。いや、単純に直人が、貴子と離れられなかったのかも――。

「……そっか、そうだったのね」

房恵がそう呟くと、直人はみるみる色を失った。

もはや誤魔化しようもないと悟ったのか、哀訴の眼差しですがりついてくる。

「あの……か、母さんには……お願いします、言わないでください……！」

今にも泣きだしそうな顔だった。可愛い直人のそんな顔を見ると、房恵は胸が締めつけられる。彼の頭に掌を載せ、割れ物を扱うようにそっと撫でた。

「いいじゃない、お母さんを女として愛しても」

直人は、びっくりしたように瞳を大きく広げた。「そ、そんなっ……いいわけないじゃないですか。血の繋がった親子なのに……！」

房恵は、静かにかぶりを振る。

本音をいえば、直人のことを独り占めしたかった。直人の母への恋慕を後押ししてあげたくはない。もしも二人が結ばれたら、房恵はまるで当て馬だ。

が、大切な友達の息子に手を出してしまった罪滅ぼしをしなければならない。なにより、可愛い直人には幸せになってほしかった。

房恵は、彼に真実を伝える決意をする。

「直くん、大事なお話があるの――」

第五章　愛母の真実

1

房恵に夕食をご馳走してもらった直人は、隣室の我が家に戻ると、湯を沸かして風呂に入った。時刻は夜の八時半を少し過ぎたばかり。まだ寝るつもりはないが、母が帰ってくる前に、身体に染みついた牝臭を洗い流しておかなければならない。別に急いではいなかった。母が帰宅するのはいつも夜の十時以降なので、その前に済ませてしまえばいいのである。

だが——三十分ほどで風呂から上がり、パジャマ姿で廊下に出ると、おもむろにリビングダイニングのドアが開いた。思いも寄らず、ドアの向こうに母が立っていて、直人は少し驚く。

「あれ？　か、母さん、帰ってたんだ。今日は……早かったね」

「ええ」と、貴子は頷いた。

今夜のレッスンをドタキャンした生徒がいたらしく、それでいつもより早く帰ってきたそうである。

「あなたも、ずいぶん早く、お風呂に入ったのね。もう寝るつもり？　具合でも悪いのかしら？」

「い、いや、平気だよ。その……ほんの気まぐれで、早く入っただけ。うん」

「そうなの……じゃあ、ちょっとお話があるんだけど、いい？」

「え……う、うん、いいよ」

直人は、母の態度に、なにやら普段とは違う不穏なものを感じた。

いつもの母なら、仕事から帰ってくると、直人の顔を見てにっこりと微笑んだ。仕事で嫌なことがあり、帰る早々、不機嫌そうに愚痴をこぼすこともたまにはある。酒を飲んで、ほろ酔いで帰ってくることもある。

ただ、今夜の母は、そのうちのどれでもなかった。能面のように、感情が顔に表れていない。いったいなにがあったのだろう？　首を傾げつつ、湯冷めしないように自室で半纏《はんてん》を羽織り、母の待つリビングダイニングへ向かった。

「母さん、話って――」

ソファーの前のローテーブルに自分のスマホが置かれていて、直人は絶句する。自室の机の上に置いていたはずなのに、なぜ？　戸惑う直人に、貴子は座るよう促してきた。彼女自身もソファーに腰かけている。その視線は鋭く、直人は言われるがままに、ローテーブルを挟んだ向かいのスツールにおずおずと腰を下ろした。

「お母さん、先に謝ります」と、貴子が切り出す。「あなたのスマホを勝手に見てしまいました。いくら親子でも、プライバシーの侵害よね。本当にごめんなさい」

敬語混じりの硬い口調に、直人は不安を掻《か》き立てられた。

貴子は手を伸ばし、直人のスマホの電源ボタンを押す。直人は、四桁のパスコードを入力するのが面倒なので、ロックの解除は下からスワイプするだけの設定にしていた。貴子はそのことを知っていた。今さら後悔しても後の祭りで、スマホの画面が点灯する。

「で……これはどういうことかしら？」と、貴子が言った。

スマホは写真アプリが開かれていて、画面には、ピチピチの体操服を着た房恵の、乳房も露わにした破廉恥極まりないコスプレ写真が表示されていた。

直人はしばし言葉を失う。どうして母が自分のスマホを盗み見したのか？　その理

由もわからずに混乱していると、

「他の写真も、全部見ました」貴子は微かに頬を赤らめた。しかし視線の鋭さは変わらない。「直人、あなた、房恵さんと……セックスを？」

「ち、違うよ。それは、僕が撮ったんじゃなくて……そ、そう、ネットで見つけた画像で、房恵さんにあんまりそっくりだったから」

「嘘おっしゃいっ！」

厳しく険しい声がリビングダイニングに響いた。久しぶりに聞いた母の怒声に、直人は硬直する。貴子は画面をスワイプし、セーラー服姿の房恵の写真を表示させた。

「これ、あなたと里沙ちゃんが通っていた高校の制服じゃない。顔が似ているだけの赤の他人が、その制服を偶然持っていたっていうの？　そんなわけないでしょう！」

「そ……それは……」

「それでも違うって言うなら、今からお隣に行って、房恵さんに直接確認しましょうかっ？」

直人は、もう言い訳のしようもないことを悟った。

うなだれて、観念する。しかし正直に認めても、直人の立場を悪くする材料はまだあった。母の追及は続く。

「他にもイヤらしい写真があったわね。この人は？」

次に彼女が選んだのは、後ろ手に緊縛された裸の女の写真。

（そうだ、真紀先生の写真もあったんだ……あぁ）

憂鬱な気分で、直人はぼそりぼそりと説明する。目隠しをしたその女性は、中学生のときの担任教師で、先日、偶然にもこのマンションに越してきたのだと。

「えっ、この人が……？」貴子は写真をじっと見る。「た……玉川先生……!?」

かつて貴子は、直人の担任教師である真紀のことを「家柄のいい、お金持ちのお嬢様みたいな人ね」と言っていた。そのイメージからは到底想像できない卑猥な姿に、今は唖然としている。

「そう、その人だよ。数日前から、ここの一階に住んでるんだ」直人は頷き、再会したその日に関係を持ってしまったことを自白した。

貴子は、驚くあまり疲れてしまったのか、ソファーの背もたれにぐったりと寄りかかった。天井を仰いで黙り込む。

詰問されるのも辛いが、沈黙が続くのも実に気まずかった。判決を待つ被告人の気持ちもかくやと、直人はじっと耐え忍ぶ。胃袋が迫り上がってきて、口から吐き出しそうだった。

「再会したその日にって……直人がそんなに手の早い子だったとは思わなかったわ」

深い溜め息の後、貴子はそう呟く。

本当のところ、直人は手を出された側だったが、今、そんな言い訳めいたことを言っても、母をさらに怒らせるだけだろう。否定も肯定もせず、直人はスツールの上で小さくなっていた。

やがて貴子は背もたれから上体を離し、居住まいを正して直人に向き直る。

「それで……どちらとお付き合いしているの？」

「……え？」

「あなたももう二十歳なんだから、女性とお付き合いして……セ、セックスするのが悪いとは、お母さん、言いません。でも、二人ってことは、片方は浮気なんでしょう？　それはいけないことよ」

静かでありながら厳たる口調で諭《さと》され、直人は答えに詰まった。

正直には返答しづらいが、しかし嘘をつくのも躊躇われる。悩んだ挙げ句、思い切って本当のことを話した。

「いや、二人とも好きだけど……付き合っているってわけじゃないです」

「お付き合い、してないの……？」

ほんの一瞬だったが、貴子の顔は、まるでほっとしたみたいに緩む。

だが、すぐにハッとして、途端に険しい表情となった。「じゃあ、お付き合いしてないのにセックスしたの？　あんな破廉恥な格好までさせて……そ、そんなふしだらな関係、お母さん、許しませんよ！　セックスは、愛し合う二人がするものなのッ」

直人は、なにも言えなかった。

弁解したい気持ちはあったが、しかし母の理解を得られるように伝えられる自信がない。セックスをしているときの直人は、自分と同じくらい、いやそれ以上に、相手にも気持ち良くなってほしかった――

それは愛なのだろうか？　自分でもわからない。

やがて貴子は、また溜め息をこぼす。そして眉間に苦悩の皺を寄せた。

「私、あなたを育てることに自信を持っていたけど……きっとなにかを間違えていたのね。こんなことになったのは、私の責任だわ……」

その言葉は、直人の胸を抉った。

自分のせいで母を傷つけてしまったのである。こうなっては、自分が二人の女性と関係を持った本当の理由を、その原点となる想いを、正直に話すしかないと思った。

あるいは、親子の関係を壊してしまうかもしれない。

だが、愛する母の苦しみを目の当《ま》たり《あ》にして、このまま黙ってはいられなかった。

「ぼ……僕が好きなのは……母さんなんだ！」

「……えっ……!?」

「でも……叶わぬ想いだと思って、諦めるために、房恵さんや真紀先生とセックスしたんだ。だけど、やっぱり僕は母さんを愛している。一人の女性として……！」

「ま、待ちなさい、直人、なにを言ってるの……!?」

突然の告白に目を丸くする貴子。

「だから、僕は、母さんを愛しているんだ。初恋の相手は母さんだったし、今でも母さんより素敵な女性はいないと思ってるよ」

あんぐりと口を開けて、貴子はみるみる顔を赤く染め上げる。

「な、なな、なにを……あっ……わ、わかったわ。そんな口から出任せを言って、この場を誤魔化そうと思っているんでしょう！　そ、その手には乗りませんからねっ」

「出任せなんかじゃない。本気だよ。ねえ母さん、お願いだから僕の気持ちを受け入れて」

「ば、馬鹿なことを言わないで。親子なのよ？　駄目に決まっているでしょうっ」

今や攻守が逆転し、貴子は焦りを露わにしてブンブンと首を振る。

直人は、さらに彼女を追い詰める一言を突きつけた。

「でも、血は繋がってないんだよね？」

貴子はギョッと目を見開く。「ど、どうしてそれを……!?」

「房恵さんから聞いたんだ」

先ほどのセックスの後、「大事なお話があるの」と言って、房恵はとんでもない事実を教えてくれた。

直人の実の母は、父と結婚して、貴子が義理の親子であることを——。実の母と房恵は、お隣同士ということもあってすぐに仲良くなったという。だから房恵は、貴子が直人の実の母親でないことを知っていたのだ。

ただ直人は、それ以上のことは聞かされていない。「詳しいことは貴子さんに直接訊いて」と、房恵は言った。

貴子が実の親ではないと知ったときの直人の驚き。血の繋がらない赤の他人だったという寂しさ。そして、母が嘘をついていたという複雑な気持ち。それらが頭の中で渦を巻き、大混乱に陥《おちい》った。

だが、自宅に戻って心が落ち着いてくると、〝実母に恋慕している〟という後ろめたさからの解放感が込み上げてくる。

その次に──それなら告白してもいいのだろうか？　という希望が胸を熱くした。

だからといって、今日告白するつもりはなかったが、しかしもう後には引けない。

スツールから立ち上がり、ローテーブルを回り込み、戸惑っている貴子に覆い被さる。

「な、なにを──ンムッ」

唇を、奪った。

すかさず舌を潜り込ませると、逃げるように引っ込んだ彼女の舌を追い詰め、絡め取った。真紀の教えを脳裏に蘇らせて、母の口内を甘やかに蹂躙《じゅうりん》する。

「んっ……んむっ……う、ううっ……!?」

相手が息子だからか、貴子は、直人を突き飛ばしたりはしなかった。舌に嚙《か》みついてもこなかった。悩ましい呻き声を漏らし、弱々しくも直人の胸を両手で押し返そうとしてくる。だが、次第にその手から力が抜けていった。

「うぅん……ふむうぅ……」

彼女の舌から強張《こわば》りが抜けていく。積極的に動こうとまではしないが、舌の交わりを受け入れてくれたような気がした。直人は胸を高鳴らせて、舌の届く範囲のすべてを舐め回し、母の唾液の仄かな甘みを嬉々として味わう。

やがて唇を離すと、貴子は呼吸を乱しながら、濡れた口元をそっと指で拭った。色っぽく頬を紅潮させ、恥ずかしそうに直人から目を逸らす。

かすれた声で尋ねてきた。「キスも、房恵さんに教わったの……？」

「……いや、房恵さんともしたけど、教えてくれたのは真紀先生だよ」

すると貴子は、なにやら不愉快そうに眉をひそめた。

その瞳に炎が宿る。それは瞬く間に赤々と燃え盛った。

「直人……本当に私のことを女として愛しているの？」

「う、うん、本当に、本気だよ」

「そう……」

貴子は目を伏せ、なにか考え事をするような様子を見せる。やがて、

「……じゃあ、私の部屋に来なさい」

「母さんの部屋に……な、なんで？」

「いいから。さあ立って」

よくわからないまま、母の寝室に連れていかれた。

まだ仕事着のスーツ姿だった彼女は、ジャケットを脱いでクローゼットにかける。

薄手のリブニットセーターが上半身に張りつき、美しくも豊かな乳丘のラインを浮か

び上がらせていた。タイトスカートも女尻の膨らみをなぞり、短めの裾からは肉感的な太腿が半分以上も露出している。

だが、そんな母の艶姿に見とれている余裕はなかった。

彼女はさらにタイトスカートも脱ぎ、薔薇の刺繍《ししゅう》がちりばめられた白い三角形をパンティストッキング越しに晒したのだから。

「ええっ……か、母さん……!?」

驚く直人に構わず、貴子はパンティストッキングを両足から抜き取り、リブニットセーターとキャミソールも脱ぎ去って、残るは下着のみとなった。三十六歳の貴子の肌には染みの一つも見当たらず、まるで二十代のように瑞々《みずみず》しい。

深く刻まれた胸の谷間も、キュッとくびれたウエストも、しっとりと脂の乗った腰、太腿から、その先の脚線に至るまで——どれもこれもが直人の目を魅了した。

憧れ続けた母の下着姿に、そのまばゆさに、唖然としながらも見とれてしまう。すると、彼女が言った。

「今から、私とセックスをしなさい」

「……へっ!?」

「セックスをすれば、大人の女はわかるものなの。相手が本当に自分を愛しているのか、それとも単に性欲を満たしたいだけなのか。だから、あなたの本心を試してあげるわ。ただし、もしも本当の愛じゃなかったら――」

ただじゃすみませんからね？　と、吊り上がった瞳が鋭く見据えてくる。子供の頃の直人が嘘をついたときに、それを見抜いた眼差しで。

直人はゴクリと唾を飲み込んだ。彼女の目力に気圧《けお》されそうだったが、精一杯に自分を鼓舞して頷く。「う……うん、わかったよ」

すると貴子はにっこりと微笑んだ。直人の目の前まで来て、背中を向ける。「ブラジャー、外してくれる？」

微かに震える指で、直人はブラジャーのホックを外した。房恵や真紀が裸になる様子を何度も眺めていたので、外し方は一応心得ていたのだ。

彼女の首筋からそっと立ち上るジャスミンの甘いフレグランス、その中に混じった仄かな汗の匂い――ひそかに鼻を寄せて愉しみながら、ストラップを肩からずらしてブラジャーを取り去る。

露わになった乳房を彼女の肩越しに覗き込み、直人は興奮に胸を躍らせた。Gカップの肉房はその重さで艶めかしくたわみ、しかし力強い張りで丸々と盛り上がっている。実に美しい稜線を描いていた。そして、つややかなローズピンクの突起はツンと上を向いている。

(ああ、なんて綺麗なんだ……綺麗で、物凄くエロいオッパイだ)

誘われるように手が伸び、気づいたときには彼女の後ろから巨乳に触れていた。

大きく広げた掌で下乳を包み込み、様子をうかがうように軽く揉む。なんとも柔らかく、同時にしっかりとした弾力もあって、絶妙な心地良さが掌に浸み込んでくる。

たまらずもう一揉み、さらにもう一揉み――

「はい、そこまでよ」と言って、貴子は、直人の手を優しく払いのけた。

「あ……ご、ごめんなさいっ……」

これからするのは、ただのセックスではない。直人の愛が本物であると、それを証明するための試験なのだ。それなのに男の情欲に流されそうになっていた。慌てて彼女の身体から離れる。

今のは減点対象だったろうか？　おどおどと母の顔色をうかがった。彼女には、直人の心情などお見通しのようで、クスッと茶目っぽく笑う。

「別に怒っていないから安心なさい。でも、女だけを裸にしたままでは駄目よ。さあ、あなたも早く脱いで」

まるで、ご飯の前に手を洗ってきなさいと注意するような口調だった。直人は半纏を脱ぎ捨て、大急ぎでパジャマのボタンを外していく。

貴子は目を細め、満足そうに頷いた。

「それと――するならちゃんとベッドで、ね」

2

貴子が息子のスマホを盗み見たのは、まったくの出来心だった。

レッスンが急にキャンセルされ、いつもより早く家に帰ると、バスルームからの音が廊下に漏れていた。直人が風呂に入っていることを知ると、悪い心がムクムクと膨らんでくる。今なら、直人のスマホをチェックすることができる！　と。

真面目な性格の貴子は、本来なら人のスマホを勝手に見たりなどしない。が、直人に彼女がいるのか、いないのか、それが気になって仕方がなかったのだ。もしも彼女がいるなら、スマホになんらかの証拠が残っているはずである。

今時の子は、なんでも写真に残すという。貴子は写真のアプリを開き、そして仰天した。マンションのお隣さんであり、昔からの大の仲良しである房恵のイヤらしい写真がずらりと出てきたからだ。男のモノをしゃぶっていたり、白濁した粘液を顔面に浴びせられていたり――直視を躊躇うほどの卑猥さだった。

動画を開けば、スクール水着姿の房恵が大股開きで男にまたがり、騎乗位でペニスを挿入していくシーンが映し出される。知人の秘め事を覗き見している気分になり、貴子は恥ずかしさと罪悪感に駆られてすぐに再生を止めた。

が、その直前に、この動画を撮影している男の声が流れた。間違いなく直人の声だった。

貴子はめまいを覚える。息子が、よりによって房恵と、長年の付き合いがあるママ友とセックスをしていたのである。悪い夢でも見ているようだった。

房恵の爛熟した肉体は、女から見ても確かに官能的だ。それでも、母親である自分より六歳も年上の女と直人がセックスをしていた――という事実は、貴子の頭の中を滅茶苦茶に引っ掻き回す。

さらには、緊縛された女のSM写真まで見つかった。しかし目隠しをされているせいで、その女が誰だか見当もつかない。この写真を撮ったのが直人なのか、それを確かめる方法もわからなかった。

とにかく貴子は、房恵が直人と交わっていたことに衝撃を受けていた。

直人のスマホをつかんだまま、ふらふらとリビングダイニングへ歩いていき、音を立ててソファーに倒れ込んだ。混乱する頭で懸命に考えた。

どういう経緯で二人は関係を持ったのか？　いったい、いつから？

そして、今から数時間前にしたあの電話はなんだったのか？　なぜ房恵は、貴子に息子を抱くよう焚きつけてきたのか？

「奪われたのなら、奪い返したらいいいんじゃない？」と、房恵は言った。自分が奪った張本人にもかかわらず。

あれは貴子への挑戦なのだろうか？　奪い返す気がないなら、私がもらっちゃうから——という。

(駄目、直人は私のものよ。私の可愛い息子なんだから。房恵さんにだって渡したくない……！)

直人を取り戻せるならなんでもする。女の身体を使うことも厭わない。

ただ、問題は直人の気持ちだった。貴子が肉体の誘惑を仕掛けても、直人に拒否されたらそれまでである。普通の二十歳の男子は、自分の母親とセックスをしたがるものだろうか？　下手をすれば直人は母を嫌悪し、それこそこの家を出ていってしまうかもしれない。

が、それは杞憂《きゆう》に過ぎなかった。スマホの証拠写真を突きつけて問い詰めれば、直人の方から愛の告白をしてくれたのだから。

その後、直人に口づけを施され、その時点で貴子は、息子の気持ちがただの性欲などではないことを確信した。あれは間違いなく、愛する女性に捧げるキス。そして貴子の身体は、先日と同様に、激しい情火に包まれた。

だから〝直人の本心を試す〟などというのは、ただの口実である。心置きなく息子とセックスをし、彼を自分の身体の虜にするつもりだった。もう他の女では満足できなくなるほどに——貴子にはその自信があった。

実際、下着姿を披露しただけで直人は目の色を変え、ブラジャーを外すや、露わになった乳房に手を出さずにはいられなかった。

思えば直人は、幼い頃から〝美人のお母さん〟を自慢にしていた。そんな息子のため、貴子は美容に気を遣い、ジムに通ってスタイル維持のエクササイズに努め、今でもそんな生活を続けている。おかげで音楽教室の方では、男性の生徒から指名を受けることも多かったが、貴子にとってはおまけのようなもの。すべては愛する息子の期待に応えるためだった。その努力が、今まさに息子を悦ばせている。

（ふふふっ、いいわよ。もっともっと、私の身体に夢中になりなさい）

ベッドに上がって仰向けになると、ボクサーパンツ一枚になった直人が、すかさず覆い被さってきた。改めて双乳を鷲づかみにし、オモチャを与えられた子供の如く、大喜びで揉みまくる。

「あぅん……どう、お母さんのオッパイは？」

「うん、うん、凄いよ、まるでマシュマロみたいだ。掌がとっても気持ちいいっ」

「そう？　ふふっ……でも、大きさだったら、房恵さんの方が上でしょう？」

「う、うん」直人は、気まずそうに一瞬口籠もった。「だ、だけど……母さんのオッパイの方が弾力があって、凄く揉み応えがあるよ」

「ふぅん……じゃあ、玉川先生のは？　あの人、お母さんより若かったわよね？　オッパイの張りもいいでしょう？」

「それは、うぅ、うん……で……でも！　僕は母さんのオッパイの方が好きだよ。母さんのオッパイは、柔らかさと弾力のバランスが物凄く良くって……そう、いい、いいとこ取りって感じなんだ」

「そうなんだ。うふふっ、嬉しいわ。ありがとう」

一生懸命に母の乳房を褒め称《たた》える息子が愛おしくてたまらない。彼の頬に掌を当て、慈《いつく》しみを込めて撫でた。「さあ、もっといろんなことをしていいのよ。母親のオッパイは子供のものと決まっているんだから」

「本当に？　ああ、このオッパイは、僕のものなんだねっ」

顔中に喜びの色をぱあっと広げ、直人は乳首にしゃぶりつく。

そんな息子を感慨深く眺めた。貴子は実の母親ではなく、彼が六歳のときに亡き夫と結婚した、つまりは継母である。ゆえに乳を与えたこともない。

(直人が、初めて私のオッパイを吸っている……あぁ)

生まれたばかりの赤ん坊に授乳をしているような感動が込み上げてきた。

が、それだけでは終わらない。直人の吸い方は、新生児とは比べものにならぬほどイヤらしく、チュパチュパとしゃぶっては、乳輪をなぞるように舌を回転させて乳首を転がした。たちまち甘美な愉悦が走り、ローズピンクの肉突起が充血を始める。

「な、直人……!?」想定外の巧みな愛撫に、貴子は思わず声を上げた。

「れろっ……ん……な、なに？」

「あ、あの……ねえ、あなた、いつから房恵さんとああいう関係に……？」

「え……いや、そんな昔からじゃないよ。まだ一週間経っていないかな……ほ、ほんとだよ」

「別に怒っているわけじゃないのよ。それで……房恵さんとするのが、つまり、初めてのセックスだったの？」

「う、うん……」

「そう……いいわ、続けなさい」

直人はまた怒られると思っていたのか、貴子が微笑みをもって促すと、ほっとした顔で、乳房の頂を乳輪ごと咥える。そして、瞬く間に硬くなった乳首へ、様々な舌使いを披露した。

(し、信じられないわ。一週間足らずで、こんな……ああっ、とっても上手。か、感じちゃう)

しばらくすると、今度は反対側の乳首にも口愛撫を施す。ただし解放された乳首に休みは与えられず、唾液のぬめりを利用しながら二本の指でこね回された。

「ふっ……うぅん……く、くううっ……!」

貴子は歯を食い縛り、喘ぎ声を必死に抑え込もうとする。息子を自分の身体の虜にしたうえで、他の女との淫らな関係を断つように約束させるつもりなのだ。そのためには主導権を握っていなければならない。前戯の愉悦に呆気なく溺れるような弱みは見せられなかった。

直人の唇がやっと乳首から離れ、貴子は安堵の溜め息をこっそりと漏らす。

しかしほっとしたのも束の間、貴子の足下に移動した直人は、正座の格好になって貴子の右の足首をつかみ、持ち上げ——なんと足の裏を舐め始めたのだ。

「ちょっ……!?　だ、駄目よ、直人、そんなところ汚いわ」

「大丈夫、全然平気だよ」直人は小鼻を膨らませて息を吸い込む。「あぁ、これが母さんの足の匂い……うん、全然臭くないよ」

「いやぁ、匂いなんて嗅がないで……ああっ、舐めないでぇ……そ、そんなこと、房恵さんから教わったの？」

「ううん、母さんの綺麗な足を見ていたら、自然に舐めたくなったんだ。れろ、れろ、ちゅむぅ」

直人は足の指の一本一本をしゃぶり、指の股にも舌をねじ込んだ。

冬場とはいえ、職場では充分な暖房が利いているし、基本的にずっと靴を履いたままである。それなりに蒸れて、汗と脂も溜まっているだろう。そんな足を息子に舐めさせていることに、母親として激しく戸惑う。

が、人の身体の最も汚れた部分ともいわれる足を、厭うことなく舌で清めてくれる直人に、このうえない愛情を感じずにはいられなかった。亡き夫も貴子をたくさん愛してくれたが、ここまでしてくれたことはない。くすぐったい舌の感触に吐息が乱れ、高揚する女心に背筋がゾクゾクした。

（こんなこと、やめさせなくちゃいけないのに……ああっ）

しかし、続けてもらいたくもある。答えが出ないうちに、直人は左足も丹念に舐め清め、ふくらはぎからさらに上へ。太腿の内側に舌を張りつけ、ねっとりと舐め上げる。チュッ、チュッと、小鳥がついばむようなキスを捧げてくる。そして、

「母さんのパンツ、脱がせてもいい？」と尋ねてきた。

「え……ええ、いいわよ」

貴子が軽く腰を浮かせると、直人は手慣れた様子でパンティを太腿に滑らせ、左右の足から抜き取る。と、すぐさま貴子は、彼の手からパンティを取り上げた。用を足した後はいつも綺麗に拭いているが、ほんのわずかな染みくらいはあるかもしれないからだ。くるくると丸めて、ベッドの下にぽとりと落とす。

しかし、結局はもっと恥ずかしいものを見られることとなった。直人は、貴子の股ぐらをこじ開けると、まめなトリムで綺麗な逆三角形に整えている草叢《くさむら》を指で撫でつけ、それから四つん這いになって女陰に顔を近づけてきた。

「べ……別に、舐めなくてもいいのよ？　指でも……」

「ううん、舐めさせて。僕、結構上手だと思うよ」

足の裏まで舐めた直人だ。肉土手を指でくつろげ、年齢のわりにはそれほど発達し

ていないラビアに、躊躇なく舌を絡みつける。唇に挟んで引っ張れば、外れた瞬間にプルンと弾けた。

（う、うう……シャワーで流してもいないアソコを息子に舐めさせるなんて……あ、あっ、クリトリスぅうっ）

直人は包皮を剥いて、尖らせた舌先を肉の実に当てた。先ほどの乳首と同じ要領で舐め転がす。当然、貴子を襲う愉悦は、乳首のときの比ではない。

「は、ひっ……ふっ……ふぅうっ……あっ、やだ、そんな、ペチペチしないでぇ……おうぅ、く、くううっ」

自分で上手だと言うだけあって、直人のクンニは女のツボをしっかりと押さえていた。最初は優しく、徐々に熱を込めて肉芽を舐め回し、唇で挟んでは揉み潰し、果ては頬が凹むほどにチュッチューーッと吸い立てる。

（ひいいっ、こんな凄いクンニ、初めてぇ！）

膣口からはジュクジュクと女蜜が溢れ出した。肉路の潤いを察知するや、直人は中指を潜り込ませ、女の急所の一つに指圧を施し始める。

（Gスポットまで……!?　ああっ、ダメ、ダメ、こんなのもう前戯じゃないわっ）

もはや女を追い詰める肉責めだ。これでは挿入もされぬまま達してしまう。

貴子は、アヘ顔になりそうなのを母親の微笑みで必死に塗りつぶし、息子を促した。

「な……直人、本当に上手ね……ううっ……けど、もういいわ……お母さんの身体、すっかり準備できたから……そろそろ、ね？」

「あ……うんっ、わかったよ」

褒められたことに直人は嬉々とし、起き上がって素早くボクサーパンツを脱ぎ捨てる。飛び出した若勃起が勢い余ってペチンと腹を打った。

息子のペニスの威容に、貴子は両目を剝く。声も出せなかった。

（お、おっきい……直人ったら、こんな立派なオチ×チンになっていたの……!?）

先ほどの写真や動画にペニスの一部が写り込んでいたので、これはなかなかの大きさだろうと思っていた。が、十八センチ近い巨砲だとは、完全に予想外である。

直人とは、彼が小学三年生になるくらいまで一緒に風呂に入っていた。その頃は、ごく平均的な子供ペニスだったと記憶している。あれがここまで成長するのかと、貴子は啞然とした。亡き夫もかなり大きかったが、直人はそれをさらに上回っている。

鎌首をもたげ、ヒクッヒクッと武者震いをするイチモツの根元を握り、直人はベッドに膝をついた。貴子の股の間ににじり寄ると、割れ目の花弁を亀頭で掻き分け、蜜肉の窪みにセットする。

「……じゃあ、いくよ、母さん」

言うや、膣口が目一杯に押し広げられ、ズブリズブリと太マラが進入してきた。

(あっ、ああっ、アソコが裂けちゃいそう……！)

未亡人となってから十年のブランクがある女壺には少々荷が重すぎる。メリメリと膣肉が悲鳴を上げ、軽い痛みすら覚えた。

しかし、身体の内側を満たされる充足感は、そんな痛みなど忘れてしまうほどの心地良さだった。貴子は直人の生みの母ではないが、今こうして彼の一部が膣路を潜り抜けている。女として、母として、言葉にできぬ感動があった。

根元まで肉棒を埋め込むと、直人はブルルッと身震いして呻き声を漏らす。

「くぅ、うう……か、母さんの中、なにかがモゾモゾ動いてる……！」

それは直人も知らなかった母の秘密。かつての夜の営みで夫を早漏にした、男殺しの淫らな肉壺だった。

「う……ふふっ……ミミズ千匹っていうんですって。ちょっと嫌な名前だけど、気持ちいいでしょう？」

貴子には、息子を虜にできる自信があったのだが、その理由がこれである。

亡き夫の話では、膣路を埋め尽くす肉襞が、絶えず線虫のように蠢いていて、挿入していいるだけでもたまらない快美感に襲われるらしい。特に奥の方が活発に蠢動《しゅんどう》しているので、深く挿入するほど強い肉悦に包まれるそうだ。

「う、うん、とっても気持ちいいよ。ああ……母さんが、こんな名器の持ち主だったなんて……」

このままなにもせずに射精してくれても、貴子は一向に構わなかった。

が、直人は数回深呼吸をすると、正常位でピストンを開始する。牡と牝の肉が擦れ合い、直人は、貴子の腰の左右についた腕をプルプルと震わせた。

「ごめん、母さん……僕、すぐに出ちゃうかも……！」

「い、いいのよ……セックスに愛があるか、どうかは、イクまでの早さとは、関係ないの……いいっ……いつでも、イキたくなったら……イッ……イッちゃいなさい」

「……うん」直人は聞き分けのいい子供のように頷く。「でも僕は、母さんにも、できるだけ気持ち良くなってほしいんだ。だから、少しでも長く続けられるように、精一杯、頑張るよ」

そして、徐々にストロークを大きくし、腰を加速させていった。

貴子は、心の中で叫ぶ。

（あ、あ……そ、そんな、頑張らなくていいのよぉ！　直人のオチ×チン、すっごいぃいぃ！)

母の名器に負けぬほど、直人のペニスは女泣かせの逸品だった。その長さゆえに、子宮口の急所を深々と抉ってくる。竿の反りによって、往復するたびに亀頭が膣路の上側を、Ｇスポットをグリッグリッと擦り立てる。

思えば、夫のペニスにもこんな反りが入っていた。親子だけあって形が似ているのだ。それゆえによく馴染み、女壺は夫婦の営みを思い出したようにみるみる性感を高めていく。いや──その愉悦は夫のとき以上。形が似ていても、直人のそれはさらに硬く、長く、太く、逞しかった。まさに上位互換である。

亡き夫と愛し合った記憶も色あせるほどに、息子と交わる肉悦が女体を蕩けさせる。一突きされるごとに絶頂の感覚が近づいてきた。

(直人とするのがこんなに気持ちいいなんて……あ、あっ、私の方こそ、あっという間にイッちゃいそう)

それを悟られぬよう、口を真一文字に結んで嬌声を必死に抑え込む。しかし鼻息はどうしようもなく乱れ、額からは無数の玉の汗が噴き出していた。

長時間、正座をしたときの、立ち上がれなくなるような足の痺れ──それをとびきり甘美にした感覚が、女壺から腰に広がり、さらに全身を冒していく。

直人が、喘ぎ交じりに弱音を吐いた。「ああっ、もうダメそう……本当に、イッていいんだね？」

貴子は下唇を嚙み、コクコクと頷く。

（イッて、直人、あぁあ、早く、早くイッてえええーッ）

先に果ててしまっては、大人の女としての面目を失い、セックスの主導権を奪われてしまう。あらん限りの力でアヌスを締め上げ、なんとか愉悦の大波をやり過ごそうとした。なにもかも忘れて今すぐイケたらどれだけ幸せだろうと、心の底から思いつつ、肉の快感の拷問に耐え続ける。視界が桃色に染まり、チカチカと瞬く。

「うああ……そんなに締めつけられたら、あ、あ、出るっ……！」

肛門に力を込めたのが幸いして膣圧も上昇し、ついに直人が限界を迎えた。

それでも最後まで抽送を緩めない。女体は大きく揺さぶられ、仰向けになっても魅惑的な丸みを維持している双乳がタップンタップンと縦に躍った。乳首の残像がローズピンクの線を描く。

「イク、イクよ、あぁあ、出る、くっ……ウウウーッ!!」

未亡人になって以来の、十年ぶりの中出し。勢い良く熱い樹液が注ぎ込まれ、肉壺が満たされていく感覚に、貴子の頭は真っ白に溶ける。

これで大人の女の面目が守れた――などと考える余裕もなかった。ただただ膣内射精の衝撃に打ちのめされ、オルガスムスの淵に突き落とされていた。固く引き結んでいた朱唇が開き、断末魔の嬌声が溢れ出す。

「私もっ……おぉぉ、イッ、イッ、イックゥぅぅうッ!!」

二人分のアクメの痙攣でベッドが大きく軋んだ。

やがて射精の発作が治まると、直人はくたくたと倒れ伏し、母の胸に顔を埋める。貴子は、息子の頭をそっと抱き、安堵と共に絶頂の余韻に浸った。

(ああ、お腹の中が直人の精液でいっぱいだわ。こんなに出したってことは、とっても気持ち良かったってことよね……?)

これから毎晩でも抱かせてあげようと思う。他の女で射精しようなどと考えられなくなるくらい、この身体の虜にするのだ。

(……気をつけないと、私の方が夢中になっちゃいそうだけれど)

身体は未だ熱く火照り、余韻というには甘美すぎる感覚が腰の奥でジンジンと脈打っていた。これほどの悦びを得たのは生まれて初めてである。

血が繋がらないとはいえ近親相姦。その背徳感で官能が高ぶっていたのかもしれないが、危うく貴子の方が先に気をやってしまうところだった。

予想外の息子のペニス。だが——貴子にとっての予想外はまだ続く。

むくりと起き上がった直人が、汗だくの額を手で拭い、顔いっぱいに笑った。

「ふぅ、凄く気持ち良かったよ、母さん。それじゃあ、続けるね？」

そして、再びピストンを始めたのだ。

3

夢にまで見た母とのセックスは、本当に極上の体験だった。

だが、直人の肉棒は萎《な》えていない。今日はすでに房恵に二度吐精しているので、今ので三度目だったが、

（母さんとのセックスなら、何度だってできる……！）

幼い頃から憧れ続けた女性と繋がっているのである。官能は高ぶりっぱなし、血は煮えたぎるばかり。先日、真紀とのセックスで媚薬オイルを使ったとき以上にペニスは肥大し、ゴツゴツと太い青筋を浮き立たせていた。

脚線美を誇るコンパスを左右の肩に担ぎ、身を乗り出せば、彼女の身体がくの字よりも曲がり、マングリ返しの体勢となる。体重を乗せたピストンで、先ほどよりもさ

らに力強く、膣底を掘って掘って掘り返した。

「んひぃっ！　そ、そんな、男の人って、続けてセックスできるの⁉　ああ、あっ、待って、今、イッたばかりだから……あう、うぅうぅうっ！」

貴子が言うには、直人の父は一晩に一回が限度だったそうである。射精したらそれでおしまいだったという。せっかく良いイチモツを持っていたのに、精力の方がそれに見合わなかったようだ。

「父さん以外の人と、セックスしたことはないの？　続けてセックス、できるような人は、いなかった？」

巨乳を鷲づかみにして揉みまくりながら、ギッシギッシとベッドが悲鳴を上げるほどに腰を弾ませ、深く、深く、肉杭を打ち込み続ける。

貴子は眉根を寄せて、首をブンブンと振った。「な、ないわ……！　お父さん以外の人と、なんてぇ……はっ、あぐっ……んおぉ、ダメェ、深すぎるうっ」

小さい頃からピアノ一筋だった貴子は、音楽大学で講師をしていた父と出会うまで、異性と付き合ったこともなかったという。

つまり直人は、貴子が夫以外で初めてセックスをした男ということだ。

直人の胸中に誇らしい気持ちが込み上げる。が、しかし一方で、自分以外にも彼女を抱いた人間がいるということに嫉妬心を禁じ得なかった。父を憎く思うわけではないが、どうにも面白くない。

「……ねえ、母さん」

「はぁ、ふうぅん……な……なぁに……？」

「僕と父さん、どっちのセックスが気持ちいい？」

「えっ……」貴子は戸惑いの声を上げた。そして目を泳がせ、口籠もる。「そんなこと……い、言わせないで」

言えないことが答えともいえるが、直人ははっきりと言葉にしてほしかった。

根元まで屹立を埋め込んだ状態で、上下左右に腰を揺らす。すりこぎのように膣底をすり潰し、同時にクリトリスを恥骨でこね回した。

「聞きたいんだ。父さんの方が気持ち良かった？　これでも？　ほら、ほらっ」

「ほうっ、うぅうぅ！　あっ、んんーっ、くっ……それ、ダメ、あぁぁダメぇぇ……はぁ、はぁ、はっ……わ、わかったわ、あなたの方よっ」

コリコリに充血した乳首をつまみ、左右にひねりを加える。「僕の方が、なに？」

「ひいいっ……お、お……お父さんより、あなたとのセックスの方が……ずっと、ずっとぉ、気持ちいいわぁぁ！」

母を自分だけのものにしたいという幼稚な独占欲なのかもしれない。が、それでも直人は満足だった。たぎる血に任せて腰を跳ね上げ、改めてピストンを轟かせる。貴子が乱れれば、牝壺の中の線虫はますます活発に蠢動し、亀頭や裏筋にまとわりついてきた。おぞましくも甘美極まりない感触に、直人は精液混じりのカウパー腺液をドクドクとちびらせる。

先ほどは短い時間で果ててしまったが、さすがに三回も射精すれば、多少は持久力もアップしていた。まだ射精感には若干の余裕がある。Gカップの肉房を真ん中に寄せて、左右の乳首を交互にしゃぶりながら、煮えたぎる肉のるつぼを剛直で掻き混ぜまくった。

その激しさを物語るように、膣口の隙間から女蜜がプシャッ、プシャッと飛散する。ベッドを包む淫臭がいっそう濃密なものとなった。

「いひーっ、ほんとにもうダメェ！　うあっ、あがっ！　はふっ、おふうぅんっ！」

貴子の方が先に音を上げる。喉を晒して仰け反り、直人の肩にひっかけた両脚をガクガクと痙攣させる。

「イクーッ！　ふううぅ、イクッ、イックうううぅ!!」

ミミズたちが狂おしげに身悶えし、膣壁が波打ちながらペニスを締め上げてきた。

射精感がグッと高まるが、肛門に気合いを入れて抑え込む。貴子の痙攣が治まると、いったん結合を解き、ぐったりしている彼女の身体を転がして、仰向けからうつぶせにした。

「母さん、次はこの体位で……いくよっ」

「あ……あぁぁ、まだするの？　お願い、少し休ませて……ひっ、ぎいいぃ！」

直人は母の腰をつかんで持ち上げ、俗にいう女豹《めひょう》のポーズを取らせると、彼女の言葉をあえて聞き流し、バックから肉棒を嵌め込む。そしていきなりのトップスピードで抽送を始めた。

「んおぉ、おおっ……いい、今はダメ、ダメなのっ……イッたばかりなのにぃ……んぐぐ、ふひーっ！」

髪を振り乱して悶え苦しむ貴子。だが、なにも直人は、自分の快楽ばかりを求めて彼女を犯しているわけではない。

昇り詰めた直後の敏感な膣穴を責めることで、女はさらなる喜悦の高みに至ることができるのだと知っているから。一週間足らずとはいえ、この間に学んだ知識と技を駆使し、最大限の愉悦を味わってもらう——それが直人の、母への愛だった。

指が食い込むほどに熟れ腰をつかみ、ピストンの一撃一打に十数年分の想いを込めて女体を抉る。擦り立てる。直人が腰を叩きつけ、パァンッパァンッと音が爆《は》ぜれば、美しい豊臀がみるみる赤くなっていった。

「あああーっ、またイクぅ！　イキ終わる前に、またイッぢゃうウゥ！」

「イッて、母さん、何度でも！　ほら、こういうのはどうっ？」

彼女の背中に覆い被さるようにして挿入の向きを変える。この角度のストロークなら、若勃起の反り返しでGスポットを強く擦り立てられるのだ。真紀から教わり、房恵の身体で実践済みの嵌め技だった。

「イイッ、いひぃいっ！　イイけどダメェ！　イッグゥ、イクゥ、ウウーンッ!!　おほおぉ、おう、ん、んっ！　イィイッ、クゥウウウーッ!!　はううっ、も、もっ、赦《ゆる》して、直人おおぉ！」

「もうちょっと、僕もイクから。ね、母さん、一緒に、ああ、イク、イクよ。ふっ、ふんっ、ふんっ！」

「ダメぇぇ、ほんとにもう、おかしくなっちゃウウゥ！　んぎぃぃ、イグーッ!!」

どうやら女壺にイキ癖がついたようで、およそ十秒間隔で貴子はアクメの痙攣を繰り返した。もはや両腕は力を失い、胸元で身体を支えている状態である。ヌラヌラと濡れ光る背中から、一滴、また一滴と、玉の汗が肩甲骨の膨らみに向かって流れていった。

イキ続ける膣穴は、子種汁を求める牝の本能か、驚くほどの力強さで、律動的に、ペニスを締め上げる。のたうつ肉ミミズの感触に加え、竿の根本から絞り上げるような媚肉のうねりに、直人の前立腺もとうとう臨界点を超えた。

「ふっ、ぐぅ、うおぉ、出るっ！　でっ……うぅーっ、くっ、ググゥーッ!!」

四発目にして、さすがに勢いを弱めたザーメンが放出される。

ギュギューッと陰嚢が収縮し、鈍い痛みすら覚えた。それでもなお、女尻が波打つほどに腰を叩きつける。一秒でも長く膣路を引っ掻き、ポルチオを揺さぶる。

と、貴子がシーツを掻きむしり、ひときわ大きく背中を仰け反らせた。

「イッグウウウーッ!!　イグイグイグ、ヒグゥーッ!!」

その直後、玉袋に生温かい液体が当たった。

それが絶頂潮であることを、直人はすぐに理解する。道具に頼らず女に潮を噴かせたのはこれが初めてだった。感極まって全身が震えた。

奥歯を噛んで肛門を締め、すべてのザーメンを搾り尽くす。かつてない満足感に浸りながら、肉棒を引き抜いた。腰から手を離すと、彼女の身体がゆっくりと横向きに倒れる。

直人も尻餅をついた。肩で息をしながら、大きな笑顔を浮かべる。頬が緩むのを抑えられなかった。

（僕は、母さんとセックスしたんだ。ずっと好きだった母さんと……）

美貌の母は、今やほとんど白目を剝き、緩みきった口元からはよだれを垂らして、卑猥極まりないアヘ顔を晒している。犬のように舌を出してゼエゼエと喘いでいる。

それでも直人は、これっぽっちも幻滅しなかった。自分とのセックスでここまで感じてくれたのだから、むしろ嬉しい限りである。彼女の目元に指を当て、溢れた随喜の涙を拭ってから、四つん這いになって顔を近づけた。

「大好きだよ、母さん」

彼女の頰にチュッと口づけをする。さらに続けてチュッ、チュッと。

すると、彼女の腕が動き、弱々しくも直人の頭を抱き寄せた。

乱れた呼吸の合間に、消え入りそうな声で囁いてくる。

「……私も……大好き……直人ぉ」

直人は、よだれまみれの朱唇にキスを捧げた。舌を潜り込ませ、そっと彼女の舌に絡める。

後戯のキスは、長く、長く続いた――。

第六章　淫らな旅の夜宴

1

愛の試験は無事に合格した。

少々強引なところはあったけど——と、貴子は、小さな子供にメッとするように、直人の鼻を人差し指でつついた。が、あくまで母を悦ばせるためにしたことなのは理解してもらえたようである。

裸のまま、向かい合ってベッドに横臥《おうが》し、ピロートークで直人は尋ねた。「なんで継母だって内緒にしていたの？」

貴子は申し訳なさそうに謝り、そして事実を話してくれる。直人がこれまで聞かされてきたことはほとんど嘘だった。直人を十六歳で出産したということも、学業に専念するため直人に会えなかったということも。

「……ごめんなさい。あのときのあなたの顔を見たら、どうしても本当のことが言えなかったの」

直人の実の母は、産後の肥立ちに体調を崩し、直人を産んでからひと月余りで他界してしまったそうだ。

その後、父が再婚を決め、初めて貴子がこの家にやってきたのは、直人が六歳のときのこと。新しい母親に懐《なつ》いてくれるか、籍を入れる前の様子見として直人に会いに来たのだという。

「でもね、お父さんは、あなたの本当のお母さんの死を、あなたにしっかりと説明していなかったのよ」

その当時のことを、今の直人はほとんど覚えていない。

なんでも、「どうしてうちにはお母さんがいないの？」という幼い直人の疑問に、父は「お母さんは遠いところに行ってしまったんだよ」と説明していたそうだ。

まだ幼稚園に通っていた頃の直人は、それを言葉どおりに受け取っていた。

そのため、父から貴子を紹介されると、大きな勘違いをしたのだ。

〝遠いところ〟から、お母さんが帰ってきたんだ！　と。

そのときの直人の喜びようがあまりにいじらしくて、父も母も、間違いを正すことができなかったという。

二人は、親類や、その他の顔見知りにもお願いして、口裏を合わせてもらった。直人の実の母と仲の良かった房恵は、嘘をつくことに難色を示したが、それが直くんのためならと、最終的には納得して協力してくれた。

貴子が直人を産んだことにするなら、年齢的なつじつまを合わせなければならない。直人の父と貴子が結婚したのは今から十四年前——貴子は二十二歳だった。直人はそのとき六歳。

そこで〝貴子が十六歳のときに出産した〟ということにせざるを得なかったのだ。では、直人が六歳になるまで、どうして一緒に暮らせなかったのか？　その理由として、〝大学を卒業するまで会ってはいけない約束をしていた〟という話を作り上げたという。

「いつかは本当のことを話すつもりだったのよ。でも……お父さんが亡くなってしまったでしょう？」

直人の実の両親は、二人ともうこの世にはいない——そんな残酷な事実を、多感な思春期の少年に伝えることはできなくて、つい先送りにしてしまったそうだ。つじつまを合わせるために嘘を重ねれば、なおさら本当のことが言いづらくなる。結果、今日まで真実を告げられずにいたということである。

美貌を罪悪感に染めて、貴子はもう一度ごめんなさいと謝った。直人は、掌を優しく彼女の頬に当てる。

「僕のためについた嘘でしょう？　気にしないで」

「……赦《ゆる》してくれるの？」

「別に怒ってないよ。むしろ感謝してる。ありがとう、母さん」

貴子は瞳を潤ませたまま、笑顔の花を咲かせた。

「良かった……継母なのがばれて、あなたに嫌われたらどうしようって、ずっと心配だったの」

「僕が母さんを嫌いになるなんて、あり得ないよ」

そもそも、継母だとわかったからこそ、彼女に告白する決意ができたのだ。

愛した人は母だった。しかし血は繋がっていなかった。直人は運命に感謝して、目の前の愛しい女性を抱き締める。

彼女もまた、力一杯に直人を抱き締めた。母として、一人の女として――。

その翌日、貴子は、房恵と真紀を呼び集めた。女三人で話し合うということで、直人は同席できなかった。

後から聞いた話だと、房恵は貴子に平謝りだったという。真紀は直人を不倫に巻き込んだわけではないし、未成年に手を出したわけでも、房恵のように友達の息子を誘惑したわけでもなかったが、それでも一応は申し訳なさそうにしていたそうだ。

貴子は、房恵と真紀の話を聞き、場合によっては、もう二度と直人に手を出さないように伝えるつもりだったという。

しかし、房恵がどれだけ直人を愛おしく思っているか、真紀がどれだけ直人とのプレイに心癒やされているかを知ると、その気持ちも変わった。

話し合いをした後の貴子は、直人にこう言った。「あなたに抱かれたときの幸せな気持ちは、私も充分に理解しているから」と。その幸せを、房恵と真紀から奪うことはできなかったのだろう。

貴子は、自らも息子に抱かれたことを告白し、そして直人が一番愛しているのは自分だと宣言した。その認識を受け入れるなら、今後も、房恵も真紀も、直人とセックスをしていい。そういう取り決めにしたのだった。

それからおよそ三か月後——。

世間はゴールデンウイークを迎えていた。直人たちも、車で一時間ほどの温泉観光地へと一泊旅行に向かった。ちなみに房恵の娘の里沙は、相変わらず彼氏と仲良くやっているようで、やはり東京から帰ってこなかった。房恵は、もはやそのことに腹を立てることもなく、娘のしたいようにさせるつもりらしい。

湯元の駅前の目抜き通りは、さすがにゴールデンウイークだけあって、観光客でごった返していた。直人は、貴子と房恵の二人にぴったりと挟まれながら、名物の食べ物や土産物《みやげもの》の店を見て歩く。

先ほど昼食に、ネットでも評判の天ざるそばを食べたばかりだが、観光地の魔力でまだまだ食欲は鎮まらない。若い直人はもちろん、二人の美熟女たちも今なお食べ盛りである。足の向くまま、建ち並ぶ店々を巡って、食べ歩きに興じていた。

「さっきの揚げかまぼこ、熱々のチーズとの相性が抜群で、想像していたのより何倍も美味しかったわ」と、貴子が言う。「明日の帰りにもう一度寄っていきたいわね」

「うん、味も濃厚で食べ応えがあったよね。でも、せっかくだからもうちょっと食べていきたいな。次は甘いものを……ねえ、房恵さん？」

「そ、そうね……」と同意する房恵。だが、悩ましげに眉根を寄せ、その足取りは少々おぼつかない。

貴子が、前方にある店の立て看板を指差した。「見て、蜂蜜ソフトクリームですって。本物の蜂の巣がトッピングされているみたいよ。どんな味なのかしらね？　あら、蜂蜜チーズタルトなんていうのもあるわ」

「へえ、蜂蜜の専門店なんだ。じゃあ、なにか食べてみようか。房恵さんはどれにします？」

「私……？　わ、私は……」

震えるかすれ声。房恵の吐息は乱れ、頬は艶めかしく色づいている。

一瞬、カウンターに貼られた品書きに目をやるが、しかし彼女は、直人の腕をギュッとつかんで、少しばかり切迫した様子で尋ねてきた。

「ね、ねえ、それより……まだ五分、経たないの……!?」

「まだですよ」と、直人は首を振る。ズボンのポケットからスマホを取り出し、ロックを解除して画面を確認した。「あと三十秒ほどです。もう少しの我慢ですよ」

あと二十秒――あと十秒――そしてスマホがメロディを奏《かな》でだす。時計のアプリで、五分間のタイマーを仕掛けておいたのだ。

直人はタイマーをストップし、左の手首にひっかけていた小さな巾着袋を開いて、中にあるリモコンの電源ボタンを押した。オフにしたのだ。

「あ……んふぅぅ……」

房恵が安堵の溜め息を漏らす。

今押したのは、房恵の女陰に嵌め込んだバイブのリモコンスイッチだった。

この三か月の間に、直人と女たちの〝行為〟はさらにエスカレートしていた。今回の旅行も、単なる家族旅行の類いではない。今晩は宿泊先のホテルでセックス三昧《ざんまい》の予定だ。そして、その前哨戦ともいうべき淫らなプレイはすでに始まっていた。

巾着袋の中には、二つのリモコンが入っている。房恵だけでなく、貴子も今、同じようなバイブを膣穴に装着している。巾着袋に直人が手を入れ、中を見ないまま、片方のリモコンのスイッチを押す——という、くじ引き形式の破廉恥なゲームだった。

バイブは握りの部分がない形状で、挿入した状態でもパンティを穿《は》けるタイプ。つまりは外出中のプレイに打ってつけの代物なのである。奥まで届くほどの長さはないが、その代わり、最も振動する先端部分がちょうどGスポットに当たるサイズだ。

「じゃあ、次のくじ引きをしますね」と、直人は言う。

房恵が疑惑の眼差しで見つめてくる。「あの……ねえ、確率が五分五分じゃないっていうか、どうも私に当たることの方が多いような気がするんだけど……直くん、どっちのリモコンなのか、ほんとにわからないで押してる……？」

昼食のそばを食べているときも、当然の如くバイブの抽選は行われた。貴子はポーカーフェイスが得意だったが、房恵は違った。バイブに膣路の急所を揺さぶられ、羞恥に歪んだ顔でそばをすする房恵は、なんとも男の劣情を掻き立てる有様だった。

「もちろん、不正なんてしてませんよ」と、直人は胸を張って答える。「このリモコン、形も質感もほとんど一緒だから、触っただけじゃ全然わかりません」

「そ、そうよね。ごめんなさい……」

房恵はすごすごと引き下がった。それではと、直人は巾着袋に手を差し入れる。緊張の面持ちでそれを見守る貴子と房恵。

旅の恥はかき捨てとはいえ、このような羞恥プレイまでするようになったのは、真紀が原因といえる。貴子と房恵は、二人ともまさに色盛りの年頃だが、それでも自らアブノーマルな行為を望んだりはしていなかった。

しかし真紀は、緊縛に続く新たな倒錯の快楽を、またもロマンス小説から仕入れ、それを直人に求める。直人の初めての野外プレイも、真紀に誘われてのことだった。そのことを真紀は、隠すことなく二人の女たちに話した。撮った写真も見せた。

それによって、貴子と房恵の心に対抗意識が芽生える。私にも同じことをしてと、直人に要求するようになった。貴子の方が特に積極的で、房恵はそれに引きずられる感じである。

性欲をみなぎらせた若牡として、セックスが過激になっていくことに異存はない。真紀からの〝性教育〟を受けて、嗜虐《しぎゃく》的な悦びにも少しずつ目覚めていった。

そして、今回のふしだら旅行が企画されたのだ。

「さてと、どっちにしようかな……うん、決めた。それじゃあ、押しますよ」

片方のリモコンを握り、手探りで電源を入れる。

途端に、房恵が悲哀に満ちた声を漏らした。

「あ、あぁん、やっぱり私なのぉ」

こればっかりは運だからと、房恵を説き伏せ、直人たちは蜂蜜スイーツを購入する。歩道に面したカウンターに並び、先に貴子が、自分と直人の分の蜂蜜ソフトクリームを買った。房恵は、バイブの振動に耐えながらもメニューを吟味《ぎんみ》し、コラーゲンとローヤルゼリーが入っているという蜂蜜ドリンクを注文する。

すぐ近くでその様子を眺めていた直人は、ふと悪戯心が湧いて、巾着袋を開けた。電源ランプが点灯している方のリモコンを手にし、ボタンをポチポチと押す。振動は五段階で、押すたびに強くなる仕組みだ。

蜂蜜ドリンクが出来上がるのを待っていた房恵は、小さな悲鳴を上げてビクビクッと身を震わせた。勢い良くこちらを向き、ダメ、ダメよと、眉をひそめて首を振る。

しかし直人は、にっこりと笑ってその訴えを受け流し、目顔で彼女に伝えた。みんながら見てますよ、と。

房恵の後ろには年配の夫婦が並んでいた。他にも若いカップルや家族連れが、カウンターの周りに集まっている。店の前を通り過ぎていく観光客も途切れる気配がない。房恵はハッとなって、慌ててカウンターの方に向き直った。

実際のところ、直人たち以外に、房恵の様子に気づいている者は一人もいないと思われる。静音仕様のバイブなので、こんな人の多い街中では、モーター音もすっかり紛れていた。

だが房恵は、背徳感から生じた疑心暗鬼によって、この場のすべての視線が自分に集中している気になっているのだろう。

その顔は赤く染まり、ありもしない視線に怯《おび》えるようにうつむいていた。膝はガクガクと震え、熱い吐息交じりに、蚊の鳴くような声で呟き続けている。

「あぁ……こんな場所で、知らない人たちの目の前で……ダメ、ダメェ、我慢よ、私……はうぅ、でも、もう、もうっ……！」

実をいえば、直人には、どっちのリモコンがどちらに挿入されているか、完璧にではないが判別できていた。形も質感もほぼ一緒だったが、重さが微妙に違うのだ。

ゆえに、巾着袋の中でこっそり持ち比べてみれば、八割程度の確率でどっちのリモコンなのか当てることができた。そうなると、どうしても房恵のリモコンを優先してしまう。

(妙にエロいんだよなぁ。房恵さんの恥じらう姿って)

悩ましく顔をしかめながらも、なぜか心の底から嫌がっているようには見えなかった。それはやはり、彼女が官能を高めているからかもしれない。

本人は否定しているが、恥辱が彼女の性感を増幅させるスパイスになっていることは、これまでのセックスから、まず間違いないと思われた。

そんなわけで、ついつい房恵の方のバイブを多めに選んでしまった。おそらくスカートの中では、溢れた女蜜でパンティがぐっしょりと湿っていることだろう。

「もう……うぅぅ……む、無理ぃ」

そして——ついに房恵は限界を迎えた。カウンターに両手をつき、背中を反らして、ビクッ、ビクビクッと腰を戦慄かせる。

「いい……いっ……イクッ……ううっ……!!」

ちょうどそのとき、若い女性の店員が、出来上がった蜂蜜ドリンクを持って戻ってきた。

「え……な、なんでしょう？」

額に玉の汗を浮かべた房恵に、はしたなくも艶めかしい呻き声に目を丸くする。

さすがにこれ以上は可哀想なので、直人はバイブをオフにした。Ｇスポットを揺さぶる振動から解放された房恵だが、その顔は今にも火が出そうなほど真っ赤で、瞳には涙すら滲んでいた。

しばらく口籠もった後、彼女はうつむきながら店員に伝える。

「あの、その……い、いく……いくらだったかしら……？」

「あ……は、はい……八百六十円です」

千円札を突き出し、釣り銭を受け取ると、房恵は蜂蜜ドリンクをつかんで、逃げるようにカウンターの前から離れた。

路上での飲食はマナー違反。店のベンチに三人で腰かける。

先ほど後ろに並んでいた年配の男性が、注文を妻に任せ、房恵の方をチラチラとうかがってきた。他にもいくつかの視線が房恵に向けられている。皆、なにかしら気づいたのだろう。

「もう、もう、酷いわ、直くん……意地悪っ……あぁもう、恥ずかしくて、私、死んじゃいそう……！」

衆人環視の中、アクメを極めてしまった房恵は、一刻も早くこの羞恥地獄から逃れるため、ストローを咥えて猛然と蜂蜜ドリンクを飲み干した。味わう余裕もなさそうだった。

ごめんなさいと、直人は謝る。そして彼女の耳元に囁いた。

「……でも、気持ち良かったでしょう？」

「そ……そんなこと……！」

首元まで赤くしてうつむいてしまう。ないとは言えない、正直な房恵だった。


その後、駅前の大通りから少し離れた駐車場まで戻る。ゴールデンウイークだけあって、駅から近い場所の駐車場はどこも満杯だったのだ。

車の運転は貴子に任せていた。トールワゴンのドアのロックを外してもらうと、直人と房恵は周囲を見回し、誰にも見られていないことを確認してから、後部座席に素早く乗り込む。すぐにドアを閉めた。後部の側面ガラスにはスモークフィルムが貼られ、フロントガラスにはサンシェードが設置されており、車内はかなり暗い。

「お待たせしました。大丈夫ですか？　なにもなかったですか？」

座席の奥まで移動しながら直人は声をかける。後部座席にはすでに一人、白いワンピースを着た女性が座っていた。

「ええ、なにも問題なかったわ。二度ほど人が近づいてくる気配はあったけど、中を覗き込んできたりはしなかったみたいね」

それは真紀だった。例のボンテージテープで後ろ手に拘束され、目隠しもされている。もちろん縛ったのは直人だ。

せっかくのふしだら旅行に真紀だけ参加しないなどあり得ない。ゴールデンウィークで学校は休みでも、教師の仕事は山積みらしいが、それでもなんとか時間を作ったという。

四人で昼食のそばを食べた後、いったんこの駐車場に戻り、真紀をこの状態にして、それから直人たちは食べ歩きをしてきたのだった。房恵が申し訳なさそうに話しかける。「あの……ごめんなさいね、真紀さん。私たちだけで食後のデザートを楽しんできちゃって……」

真紀は口元をほころばせ、首を振った。「いいんです、房恵さん、気にしないでください。私も充分……んんっ……愉しんでましたから」

そう、この放置プレイは、真紀が自ら希望したこと。

置いてきぼりにされる寂しさが、独りぼっちの不安感が、犬の如き彼女の従属欲を満たしてくれるのだそうだ。

貴子が運転席に乗り込み、車はホテルに向かって走りだした。真紀は変わらず拘束状態で、その両脇に直人と房恵が座っている。

「さあ真紀先生、先生の分も買ってきたんですよ。お口をあーんしてください」

「ああ、やっぱり。なにかいい匂いがすると思っていたの。嬉しいわ」

言われたとおりに真紀は朱唇を開いた。その中に直人は、串揚げされたかまぼこをそっと差し込む。端っこを小さく嚙みちぎり、上品に咀嚼《そしやく》する真紀。

(……なんだか、ペットの動物に餌をあげてるみたいな気分だ)

愛おしさと共に、支配欲にも似た感情が込み上げてくる。串揚げかまぼこを真紀が食べ終わると、次のものを彼女の口元へ差し出した。

真紀はふんふんと小鼻を動かす。「今度はチーズと、それに蜂蜜の匂い？」

「はい、蜂蜜チーズタルトです」

ソフトクリームやドリンクでは、駐車場に着くまでに溶けたりぬるくなってしまいそうだったので、タルトにしたのだ。真紀は、直人の手から三分の一ほどをかじり、もぐもぐと口を動かして、

「わあ、すっごく美味しい！」と喜ぶ。

瞬く間に残りも食べ、直人の指についたクリームまで舐め尽くした。

ヌルリとした舌の感触に劣情を高めつつ、もう一つ食べますか？　と、直人は尋ねる。真紀はコクコクと頷いた。

「わかりました。それじゃあ房恵さん、食べさせてあげてください」

「わ、私が？」房恵は目をぱちくりさせる。「え、ええ、いいけど……はい、じゃあ真紀さん、お口を……」

タルトの箱を房恵に渡し、直人は、真紀のスカートの裾をつかんだ。

そして断りもせず、大きくめくり上げる。すらりとした太腿はおろか、股間まであからさまにした。小さくまとまった恥丘の茂みと、その下の肉溝に突き刺さる極太バイブ。真紀はノーパンだった。

「真紀先生、一人で待ってる間に、一回くらいはイッちゃいましたか？」

貴子と房恵に使ったバイブとは違い、真紀には膣底まで届くロングサイズのものを挿入しておいた。肉口からはみ出した握りの部分が、静かなモーターの唸りと共に震え続けている。

ううんと、真紀は首を振った。「……振動が弱くてイケなかったわ」

予想どおりの返答に直人はニヤリとする。わざと弱めのパワーに、イケそうでイケない程度の振動に設定しておいたのだ。生殺しにされた女壺からは淫水が浸み出し、穴の周囲や、よく発達した大輪の花弁をジュクジュクに濡らしていた。

直人はボタンを操作して、バイブの振動レベルを一段上げる。さらに、真紀の淫具コレクションの袋からローターを取り出し、スイッチを入れて彼女の胸の頂点にあてがった。

「あ、あっ!? んん、いいっ……これなら、イケそうよぉ」

残り半分のタルトをぱくりと咥え、よく嚙んで味わいながら、真紀は肉の愉悦に淫靡な笑みをこぼす。

タルトを食べさせ終えた房恵に、直人は、今度はローターを託した。

「え、え? 私が、真紀さんを、これで?」

房恵は戸惑う。が、先ほど大勢の前でアクメの痴態を晒したせいか、倫理観が少々揺らいでいたようだ。あるいは、恥ずかしい思いをしたので、誰かにちょっとした八つ当たりをしたい気分だったのかもしれない。結局はローターを受け取り、恐る恐る服越しに、真紀の胸の膨らみに当てる。

「ああ、はぅん、房恵さんが、私の乳首を、気持ち良くしてくれているんですか?

あ、あっ、あぁん、あうぅん、ありがとうございますぅ」

三人の女たちの中では、真紀が一番、セックスに対して奔放だ。同性から淫具で弄ばれても、嫌悪感など微塵《みじん》もないらしく、さらなる愉悦を求めるように胸を突き出してくる。

「あ……あの……私、こんなの使ったことなくて……こ、これでいいの？」

女教師の好色さに圧倒されつつ、房恵は膨らみの頂きにローターを這わせていった。

「くふぅ、房恵さん、いいです、とっても上手……ひ、ひっ、乳首が、痺れっ、ジンジンするぅ」

「あれ、えっ……ま、真紀さん、ブラジャーしてないのっ？」

ワンピースの胸元にツンと浮かび上がった突起を見て、房恵は驚きの声を上げた。

今回のふしだら旅行にふさわしい格好として、真紀はノーパン、ノーブラ、しかもスリップすら身につけずに家を出たのだった。そのことを知っていたのは直人のみである。

「ワンピースの裏地に乳首が擦れて気持ち良かったんですよね、真紀先生？」

直人はバイブを握って、先端部分で膣底をグリグリと抉ったり、枝分かれした部分でクリトリスをこねたり、あるいは浅い挿入で前後に揺らし、Ｇスポットを擦り立てたりした。

「あぁぁ、そう、そうなの、おお、おふっ、んぐううぅ！　あひぃ、イッちゃう、はあぁん、くうぅ……直人くん、私、もほぉ、いっ、イキそう、ウ、ウッ！」

割れ目から溢れた肉汁がシートの座面にまで滴る。車内の密室に牝のフレグランスが充満した。前を向いて運転をしている貴子までが、悩ましい溜め息を漏らす。

直人は貴子に呼びかけた。「母さんのバイブも動かしてあげようか？」

貴子と房恵のバイブも、未だ挿入されたままなのだ。

「えっ!?　だ、駄目よ、手元が狂ったらどうするの。ただでさえ久しぶりの運転なんだから——死にたくなかったら、変な悪戯は絶対にやめてちょうだいっ」

「わかってる。冗談だよ」

房恵さんは？　と、目顔で尋ねる。房恵はブンブンと首を横に振った。

どうやら、この場でイキたがっているのは真紀だけのようである。だが、本人が望んでいるとなると、このまま簡単にイカせるのが逆に惜しくなってきた。

バイブの振動を最弱にして、緩やかなストロークで女壷を焦らす。ポルチオにもクリトリスにも触れないようにして、Ｇスポットを軽く撫でる程度に抑えた。

「あぁっ、な、直人くぅん……そんな、あとちょっとなのに、お願い、イカせて、イキたいのぉ」

放置プレイの間、生殺しに耐え続けてきた真紀は、悲哀に満ちた声で身体をくねらせる。両腕を後ろに縛られている彼女には、自らアクメを得る術《すべ》がないのだ。

「ホテルに着きそうになったらイカせてあげます」

そう言って直人は、再びバイブの振動を強くし、ズボッズボッチュボボッと膣穴を突きまくって、蜜肉を掻きむしった。

彼女が昇り詰めそうになれば、膣路の締まり具合でわかる。ギリギリのところで抽送をやめ、バイブのパワーも下げる。目で合図を送れば、房恵もローターを乳首から外し、膨らみの裾野をゆっくりと撫で回した。

イカせてもらえない真紀を哀れんでいる様子の房恵。しかし、その瞳には妖しい光が宿っていた。車内の淫気に当てられて、嗜虐《しぎゃく》の肉責めに加担することを密かに愉しんでいるようである。

「イヤぁ、イヤぁぁ、イカせてぇ、房恵さんも、んはぁぁ、意地悪しないでください、あぁぁ、あぁあぁん！」

なにより真紀本人の顔が、その口元が淫らに歪んでいたのだ。目隠しを取れば、きっとその目元も淫乱女らしい笑みを浮かべているだろう。

直人と房恵は、その後も真紀の身体を責めては焦らした。ホテルまでは、普通なら車で十五分程度の距離だったが、大型連休だけに道路も混雑し、予定より倍近い時間がかかる。その間、真紀は何度もイキかけ、何度もイキそびれた。

狂おしげな女の媚声に、運転席の貴子が深い溜め息をこぼした。

「直人がどんどん女をいじめることを覚えて……お母さん、なんだか心配だわ」

「いじめてるんじゃないよ。悦んでもらいたいだけだよ」

目的のホテルが見えてくると、ここぞとばかりにバイブの振動をＭＡＸにして、蜜壺を引っ掻き回す。空いている手で片方の乳房を服ごと揉みまくり、もう片方の乳房は房恵のローターが頂をこね回した。

朱唇の端からダラダラとよだれを垂らし、真紀はさながらバネ仕掛けの如く背中を仰け反らせる。

「んひーっ、イグッ！　やっと、んおほぉ、イグイグッ、イグゥーーッ!!」

2

ホテルは実に立派だった。外装も内装も、豪華でありながら落ち着いた雰囲気で、どちらを向いてもその美しさに目を奪われる。フロントのスタッフたちも上品で礼儀正しく、客である直人の方が緊張してしまった。

どうやら貴子、房恵、真紀の三人で奮発したらしい。高台に建っているホテルは、窓からの眺めも素晴らしかった。周囲に連なる緑の山々、その切れ間には海の煌めきまで望むことができた。

浴衣《ゆかた》に着替え——そのついでに女たちはバイブを外し——とりあえず一休みする。それから屋上に設けられたテラスや、一階のラウンジ、土産物のショップなどを見て回った。その後、ダイニングで夕食を食べる。

鉄板カウンターで、シェフが目の前で調理してくれるスタイルだ。霜降り肉に海老や貝など——それらがグリルされる匂いと音に食欲をそそられ、直人は、出された料理を次々に平らげた。女たちは〝若いんだからいっぱい食べなさい〟と言って、自分たちの料理を分けてくれる。おかげで直人は、たっぷりと精をつけることができた。女たちは顔を見合わせ、妖しく微笑み合っていた。

そして食欲を満たした後は、いよいよふしだら旅行の本番である。

このホテルには貸し切りの露天風呂があり、そちらの予約も抜かりなく入れられていたのだ。

当然、男も女も脱衣場は一緒。浴衣を脱いで肌を晒していく女たちを堂々と眺め、直人は股間を高ぶらせていく。房恵のIカップ爆乳、貴子のGカップ艶巨乳、そして真紀のDカップ美乳。こうして一度に見比べるのは初めてである。大きさが違えば、肉房のたわみ具合も人それぞれだと、改めて感慨に耽った。

真紀が目をぱちくりさせる。「房恵さんのオッパイ、本当におっきいですね」

「ええ……でも、大きいと、いいことばかりじゃないのよ」房恵は、貴子の胸に羨望の眼差しを向けた。「貴子さんも大きいのに、全然形が崩れてないわよねぇ」

「あら、房恵さんだって、そんなに気にするほどじゃないですよ。ねえ、直人？」

「うん、房恵さんのオッパイ、大好きですよ。もちろん、母さんや真紀先生のも」

直人は最後の一枚のボクサーパンツをずり下ろし、早くもそそり立っているペニスを露わにした。この股間の有様が、彼女たちの裸への嘘偽りない賛美である。

若勃起の威勢を見るや、すぐさま瞳に情火を宿す女たち。パンティを脱いで、これまた三人三様の草叢をさらけ出す。一番濃く茂っているのは房恵で、二番目の貴子のヘアは今日も綺麗な逆三角形にカットされていた。真紀の恥毛は、他の二人と比べると十代の少女のように儚く、恥丘の膨らみにぴったりと張りついている。

生まれたままの姿となった女たちと、早速、露天風呂に移動した。パンフレットの説明書きによると、ここは塩化物泉という泉質で、洗い場に立っても匂いはほとんど感じられない。塩化物泉の特徴として、湯に含まれる塩分が毛穴を塞ぎ、高い保湿効果を生むそうだ。

野趣に富んだ岩風呂は、大浴場ほどの広さはなかったが、四人で入るなら充分な大きさである。壁際に設置された間接照明によって、立ち上る湯気が、光の届く範囲の中で、なんとも幻想的に踊っていた。

素敵ね――と言って、貴子が身を寄せてくる。そっと肩と肩がくっつく。

直人は頷き、片腕を伸ばして、貴子の腰を抱き寄せた。

が、そんなしっぽりとした雰囲気はいつまでも続かない。誰が直人の身体を洗うかで、女たちが揉め始めたのだ。

「息子の身体を洗うのは母親の務めです」と、当然の権利とばかりに貴子が主張する。が、母性愛なら房恵だって負けていない。「直くんが小さいときには、私が毎晩のようにお風呂に入れてあげてたんだから」と言って対抗する。真紀は真紀で、近頃は直人のことを〝ご主人様〟のように思っているらしく、奉仕の機会を失いたくない様子だった。「私だって、直人くんの身体を綺麗にしてあげたいです……！」

直人が誰か一人を選べば、角が立ちそうな空気となる。せっかくの楽しい旅行に水を差したくはなかった。

結局は、三人からいっぺんに洗ってもらうことにする。男心を心得た女たちは、タオルの類いを使うような無粋はせず、自らの身体にボディソープを塗りたくり、泡立て、直立する直人にニュルニュルと擦りつけた。直人の身体の正面右を貴子が担当し、正面左を房恵が、背中を真紀が受け持つ。

「んっ……ふふっ……どう、直人、こんな感じで……気持ちいい？」

「う、うん、とっても……くうっ、乳首が……」

貴子が身体を縦に揺らせば、上へ下へと巨乳が滑る。貴子の乳首は瞬く間に充血して、直人の胸板や腋の下を、コリコリとした感触が甘やかにくすぐった。

その反対側では、房恵が、メレンゲのように柔らかな双乳で直人の腕を挟み、パイズリの要領で擦り立てる。彼女の爆乳をもってすれば、男の腕すら丸々包み込めた。

「ああん、直くんの筋肉をオッパイで感じるわ。ほんとに逞しくなったわね……」

真紀は直人の背中にしがみつき、抜群の弾力を誇る乳肉を擦りつけていたが、やがてしゃがみ込み、直人のふくらはぎを股で挟んで腰をくねらせ、卑猥なポールダンスを踊りだす。

「ふうぅ、んふうぅ……あぁぁん、クリが擦れて、勝手に剥けちゃったわぁ……んっ、くくうっ」

ぬめりと共に全身に絡みついてくる熟れた女体。三人がかりの贅沢《ぜいたく》極まりないソーププレイに、直人は、まるで王様になったような気分だった。

そして身体の大部分が乳肉スポンジで泡まみれにされ、残りはいよいよ股間のみ。

「ねえ房恵さん、オチ×チンは二人で……」

「え、ええ……そうね、貴子さん」

貴子と房恵が向かい合って、洗い場の床に膝をついた。直人は二人の真横で、相変わらず仁王立ちを続けている。

反り返る屹立の右側から貴子の巨乳が、左側からは房恵の爆乳が接近する。

ムニュッと肉棒を挟み込んでドッキングした。

貴子の左乳と、房恵の右乳、ぴったりと密着したその狭間を、ペニスが、下からではなく横から貫いている格好である。二人は目で合図し、ダブルパイズリが始まる。

貴子と房恵は、両手で持ち上げた双乳を上下左右に躍らせた。ときには同じ方向に、ときには互い違いに揺さぶった。間に挟まれたペニスは揉みくちゃにされ、たまらず多量のカウパー腺液が溢れ出る。

さらに、真紀が後ろから抱きついてきて、直人の乳首を泡のぬめりで弄び始めた。

女ほど敏感ではないが、それでも甘美な媚電流が生じて、思わず「ううっ」と呻き声を漏らす。

すると真紀は耳元で妖しく笑い、片方の手を直人の尻へ回した。

「真紀先生……なにを……ちょっ、ううッ!?」

彼女の中指が尻たぶの狭間に潜り込み、肛門をソフトタッチで撫で始める。

「ここも洗っていなかったでしょう？　大丈夫、中まで入れたりしないから」

穴の表面を、ゆっくりと円を描くようにさすられた。ムズムズするような倒錯の愉悦が込み上げ、困惑しながらも身体は正直に性感を高める。

「うっ……くくっ……で、出るよ、出ます……あ、あっ」

硬くしこった乳首が竿や雁首を擦る感覚も、なめらかな乳肌の摩擦感の中で、実に刺激的なアクセントだった。みるみる射精感が高ぶり、限界を迎える。

「イ……イキますっ……ぐっ……くぉおおっ!!」

尿道口から噴き出したザーメンが宙に弧を描いた。

その勢いに女たちは目を見開き、驚きの声すら上げる。二メートルを優に超える飛距離で、洗い場の壁に繰り返し液弾が撃ち込まれた。

「……精液って、あんなに飛ぶんですね。私、初めて見ました」

「直くんが特別なんじゃない？　中で出されると、お腹の奥に凄い勢いでビュウビュウ当たるもの」

「直人くんが湯船の方を向いてたら、間違いなくお湯の中に入っちゃってましたね……」

だが、それほどの威勢で多量の精を放っても、いつものことながら肉棒に萎える気配は一ミリもない。夕食の牛肉や魚介類からたっぷり摂取した亜鉛が効いているのか、むしろ射精前よりもさらに太く、長く、今にも弾けそうなほどに張り詰めていた。

休憩を挟む必要もなく、すぐさまファックが可能。その相手は、すぐに貴子と決まる。さっきは誰が直人の身体を洗うかで揉めていたが、ことセックスにおいては、常に貴子が優先されるという取り決めになっていた。

身体の泡を流すと、全員で湯船に浸かる。ただし貴子だけは、湯船の縁を飾る岩にしがみつくようにして、馬跳びの馬の格好で股を広げた。

あられもなく開帳された肉溝に、直人は人差し指と中指をまとめて差し込む。女壺はすでに前戯の必要などないほど濡れそぼっていた。

「ああぅん……ね、お母さん、もう準備ＯＫよ。いつでも……おおぉ、来て、来て、オチ×チン、早く入れてぇ」

ミミズ千匹の名器に、ザワザワと蠢き絡みついてくる膣襞の感触に、指ですら肉悦を覚え、直人も挿入を我慢できなくなる。

が、ふと考えた。せっかくこんな素晴らしいホテルに来たのに、いつもどおりのセックスでいいのだろうかと。なにか特別な、後々旅の思い出に残るような方法で母を愛したいと思う。

割れ目に隣接するもう一つの穴、仄かな珈琲色の菊門が直人の目を引いた。

膣穴をほじっていた指を抜き、先ほど、真紀にやられたように、アヌスの表面を優しく撫で回す。指に絡みついた女蜜を塗りつけていく。

「ひぃん！　直人っ、な、なにを……!?」

貴子が悲鳴を上げると同時に、肛穴がキュキュッと収縮して皺を深くした。

直人は、逃げようとする貴子の腰を空いている手でつかみ、穴の縁をなおもさすりながら訴える。

「こっちの穴で母さんと繋がりたい。駄目かな……？」

「ええっ？　そんな、いくらなんでも汚いわ……！」パイズリ奉仕ですっかり発情し、淫靡な牝の微笑みを浮かべていた貴子だが、途端に顔色を変えて首を振った。「だって……ウ、ウンチをするところよ？　オチ×チンを入れる場所じゃ……あ、あうぅ、いじらないでぇ」

アヌスをくすぐられる感触に悶えながら、キッと真紀を睨みつける。息子にそんなことまで教えたの？　とばかりに。真紀はブンブンと首を振って否定した。

そう、直人は真紀から、セックスに関することをいろいろ教わっている。初めてのキスの相手も真紀だ。そして房恵は、いわずもがな童貞を卒業させてくれた。

そのことに後悔などない。だが――もしも母と結ばれるのがわかっていたら、ファーストキスも初セックスも、きっとそのときのために取っておいただろう。

そして今、直人は、自分にまだ残っている〝初めて〟に気づいたのだ。

「母さん……僕、アナルセックスをしたことはないんだ」

真っ直ぐに母の顔を見つめ、単なる劣情や好奇心ではない、愛の言葉を紡ぐ。

「大好きな母さんに僕の初めてを……アナル童貞を奪ってほしいんだよ」

「……直人の初めてを、私が……？」

貴子の目から戸惑いの色が薄れていった。

やがて――ゆっくりと頷く。その目には、決意の光が宿っていた。

「わかったわ。お母さんが……奪ってあげる」

豊麗《ほうれい》な女尻は、もはや逃げようとはしない。直人は胸を熱くし、改めて彼女の菊門ていた。肛門性交の経験はないが、いきなり挿入できないことくらいはわかっている。まずは穴をほぐす必要があるだろう。

「直人くん、それならいいものがあるわ」と、真紀が言った。湯船から出て、小走りに脱衣所へ向かい、なにかを持って戻ってくる。

それは、かつて真紀とセックスをしたときに使った、あの媚薬オイルの小瓶だった。

「もしかしたら使うかもと思って持ってきておいたの。ちょうど良かったでしょう？　直人くんの極太オチ×ポを入れるなら、潤滑油を使わないと裂けちゃうわよ」

直人はお礼を言って受け取り、貴子と共に湯船から上がる。湯の中にオイルをこぼしてしまったら大変だからだ。

洗い場で貴子に四つん這いになってもらうと、中指にオイルを二滴ほど垂らして、菊門の表面に塗り込んでいった。ときおり穴の中心に指先をあてがい、ドリルのように左右に回転させて、軽く圧迫する。

小刻みに女体を震わせて耐え忍んでいた貴子だが、しばらくすると戸惑いの声を上げた。「あっ……ね、ねえ、なんだか凄くジンジンしてきたんだけど……それ、なんなの？　変な薬じゃないでしょうね？」

「大丈夫、ただの媚薬だよ」

「ただの媚薬って……！　あ、あぐうぅ！」

そろそろいいだろうと、中指に力を込めて押し込めば、ズブリと、第一関節までが肛門を潜り抜ける。温泉の湯にも負けぬ熱さが指先を包み、異物の侵入を拒絶するように括約筋《かつやくきん》が締めつけてきた。

(慎重に……念入りに……)

何度も何度も指にオイルを垂らして、直腸内に塗りながら肛肉をほぐしていく。最終的には指の付け根までズッポリとねじ込んだ。

「はぎっ、ひ、ひっ……あ、熱いわ、お尻の穴が燃えてるみたい……それに……ああぁ、とってもムズムズするうぅ」

数滴垂らすだけで充分な効果を発揮するという媚薬オイル。それを十滴、二十滴と、肛穴の内と外にたっぷり塗布したのだ。最初は歯を食い縛って苦悶していた貴子だが、次第に菊門から緊張が抜け、直人も指の出し入れがしやすくなる。

「あうぅ……んんっ……あ、あっ……あはぁぁ……！」

特に、指を引き抜くときには、呻き声に艶めかしさが滲むようになった。もう充分だろうと、直人は媚薬オイルの蓋を閉め、膝立ちになって、芸術品のように美しい丸みの熟尻ににじり寄る。心なしか赤みを帯びた菊門にペニスの照準を合わせる。

「いくよ、母さん」

小皺の寄った窪みに亀頭をあてがい、グッと腰に力を入れた。が、さすがに指の一本とはわけが違い、鈴口が軽くめり込んだところでひっかかってしまう。

「母さん、力を抜いて。大丈夫、痛かったらすぐに抜くから」

生娘を諭すように話しかけた。掌で、染み一つないなめらかな尻たぶを優しく撫でると、貴子は微かな媚声を漏らす。

「あぁん……わ、わかったわ……ん……ふうっ……」

貴子が深呼吸をすると、徐々にアヌスから強張《こわば》りが抜けていった。再び直人は腰を押し進める。

一瞬の抵抗を受けるが、その直後、雁高の亀頭がズルンッと中に呑み込まれた。おちょぼ口のようだった狭穴が、放射状の皺がぴんと伸びきってしまうほど大きく広がっていた。

いったん中に入ってしまえば、たっぷりと塗り込んだオイルのおかげで、もはや挿入は阻《はば》まれない。ズブリズブリと、分厚いゴムの輪っかを潜り抜けていくような感覚を伴《とも》ないつつ、着実に太マラが嵌まり込んでいった。

「ああっ……入る、入っていくよ、母さんっ」

「うう、んんんっ……は、入ってきてるわ……す、すっごおぉ……直人のオチ×チン、おっひぃぃ……！」

ほどなく巨砲のすべてが埋没し、恥骨と女尻の谷間がぴったりとくっつく。

いつの間にか房恵と真紀が湯船から上がっていて、母と息子の肛交の瞬間を眺めていた。食い入るように結合部を覗き込んでくる。

「うわ、うわぁ……直くんのオチ×チンが、ほんとに入っちゃってる」

「私もアナルの経験はないですけど、こんなに容赦なく押し広げられたお尻の穴を見てると、なんだか……ドキドキしてきます」

密かな発情をうかがわせる二人の呟き。しかし直人には、その言葉が右から左に抜けていった。

本来は排泄器官である肉穴にペニスを突き刺しているという背徳的な興奮。

そして、愛しい母と共に初めてのアナルセックスを体験しているという感動。

胸がいっぱいになり、思わず母の背中に抱きついた。

「あぁ、母さん……母さんも、初めてだったんだよね？」

「ええ、もちろんよ。お母さんのお尻の処女を直人にあげたの。お母さんも、直人の〝初めて〟をもらえて……とっても嬉しいわ」

背中をよじって振り返る貴子。目と目が合えば、身体だけでなく心も繋がっていると実感した。言葉に出さずとも、母が抽送を待っているのがわかる。直人はゆっくりと腰を振り始めた。

(ううっ、こ、これは、想像より遙かに気持ちいい)

肛門の強烈な締めつけは、あの真紀の万力の如き膣圧以上だった。

直腸の粘膜は緩やかにまとわりついてくるのみで、ペニス全体が締めつけられるわけではない。だが、肛門によるピンポイントの締めつけだからこそ、急所を擦られたときの愉悦がなんともクリアに感じられるのだ。

雁首をギュギュギュギューーッとくびられると、痛みになる寸前の絶妙の愉悦に襲われ、直人は呆気なく先走り汁を垂れ流す。

「う、おおぉ……母さんのお尻、とっても気持ちいいよ……!」

これからは、ミミズ千匹の名器とこのアヌス、どちらに嵌めるかセックスのたびに悩むことになりそうだ。

「母さんは……大丈夫? 痛くない?」

貴子は首を横に振った。尻穴を剛直で擦られる感覚に、腰の戦慄きを禁じ得ないようだった。

「へ、平気よ……んおおぉ、ほ、ほふうぅ……お、お母さんも……あぁぁ、信じられない……お尻でするなんて初めてなのにぃ……うぅぅ、んぐぅーっ」

肉棒を引き抜くとき、張り詰めた肛穴の縁が外側にめくれそうになる。

そのとき貴子は、ひときわ大きな喘ぎ声を漏らすのだ。指でほぐしているときもそうだったが、どうやら抜く瞬間が、菊門の裏側を擦られる瞬間が最も肉悦をもたらすようである。

「ああ、あっ、なにか、来てる、来るぅ、なに、これ……はうぅ、うふうっ！」

後ろの処女を失ったばかりの貴子が、こんなにも早くアナル感覚に目覚めているのは、やはり媚薬オイルのおかげだと思われた。

そして今、たっぷりと直腸内に塗り込んだ媚薬オイルは、直人のペニスにも浸み込んできた。その効果でジンジンと疼き、火照り、性感が格段に高まる。射精感が沸き立ち、裏筋が引き攣った。

「ああっ、ごめん、母さん……なんかもう、ヤバそう……！」

気づいたときには、アクメの淵に片足を突っ込んでいた。どれだけ奥歯を嚙み締めても、もはや手遅れ。それから三擦りもしないうちに、ザーメンをせき止めていた前立腺が決壊し、射精の痙攣が始まる。

「ああっ!?　う、うぐうッ！　ううう－ッ!!」

「ひいいっ！　出てる、直人の精液が、おおぉ、お尻の奥にイッ！　クウウッ!!」

その直後、折れんばかりに背中を反らし、貴子も熟腰を激しく戦慄かせた。

ギュ－ッギュギュ－ッと菊門が律動し、幹にきつく食い込んで尿道を圧迫する。肛穴が緩んだ瞬間だけ、直人は精をほとばしらせることを許された。

（く、くうぅ、こんな射精、初めてだっ）

アナル中出しの感覚に酔いしれた直人は、多量のザーメン浣腸《かんちょう》を施した後、ゼエゼエと喘ぐ貴子に尋ねる。「……母さん、今、母さんもイッたの？」

「た……多分、そうみたい」うなだれたまま貴子は答えた。「普通のセックスでイクときとは、ちょっと違う感覚で……でも、全身がゾクゾクするくらい、物凄く気持ち良かったわ……」

「本当？　じゃあ……このまま続けてもいいかな？」

媚薬の効果で、ペニスは甘美な掻痒感に包まれたままである。もっとアヌスに擦りつけたかった。たまらなくウズウズする。

貴子の返事も待たずにいったん挿入を解き、彼女の身体を今度は仰向けにした。豊艶な太腿から引き締まったふくらはぎの美脚を持ち上げ、膝を押さえつけるようにして女体を二つ折りにし、マングリ返しの体勢にさせる。

しかし狙いはあくまでアヌス。媚薬オイルを手早く肉棒に塗りつけて潤いを補充し、女陰と共に露わになったその穴へ一息に挿入する。

「な、直人、ちょっと待っ……ひぐうーッ！」

「うお、おおッ……！」

快感神経を直接擦られるような激悦が走り、直人は思わず息を呑んだ。

それでも、先ほどよりもさらに激しくピストンを轟かせる。母の顔には苦悶と同時に淫靡の色が浮かんでいた。バスンッ、バスンッと熟臀に腰を叩きつけ、菊座を抉れば、ときおり彼女の整った顎にぶつかるほど、美巨乳が上下に跳ね回る。

「ああっ、イッたばかり、なのにっ……そんな、あぁ、おうぅ、おほおうぅ！ ひっ……ふひーっ、あいぃ、きひぃいんっ！」

狂おしげに前髪を振り乱す貴子。と、これまで傍観《ぼうかん》していた房恵と真紀が、彼女の両脇にやってきた。

「凄いわ、貴子さん。私には、いくら可愛い直くんの望みだからって、とてもお尻でする勇気はないもの。やっぱり、直くんの一番の恋人はあなたね」

「……けど、これからも直人くんの愛を、少しだけ私たちに分けてくださいね」

祝福の言葉を贈ると、二人はそれぞれの手に媚薬オイルを垂らし、貴子の左右の乳首に塗り込んでいく。さらには秘唇をこじ開け、クリトリスや、女壺の中にも。

そして四本の手が、貴子の急所に愛撫を施し始めた。乳首をこね回し、剝き身の肉真珠を擦り立て、二本の指で蜜穴をほじくり返す。さすがに同じ女だけあって、実にこなれた手の動きである。

「んぎいいぃ、や、や、やめてぇ、二人とも！　あっ、ひっ、ダメ、ダメッ、Ｇスポット、掻きむしらないでェ！　ふぐぅぅ、おおぉ尻もオォ！」

絶頂を経た直腸内はますます燃え盛り、ペニスを通じて牡の欲情を加熱した。だいぶアヌスがほぐれてきたところで、直人は、小刻みなピストンで亀頭を出し入れする。エラの張った雁首を肛門の裏側にひっかけ、抉り取るようにズボッズボッと引き抜く。

「ひぐぅぅ、それっ、んほぉ、イグッ！　イグイグぅぅ‼」

媚薬に蝕《むしば》まれた女体の急所をいっせいに責め立てられ、貴子は瞬く間に二度目のアクメを極めた。

それでも直人は嵌め腰を止めず、深いストロークで荒々しく肛穴を擦り続ける。

直人が腰を振る限り、房恵と真紀もその手を休めなかった。

「うぅ、うっ、ふぅ、はっ……あぁ、僕もイク、またイクよ、母さん、出すよっ」

「おあ、んあっ、あぁあ、いひっ、お尻が……ひぃぃ、いいぃ、おかしくなる、狂っちゃうぅ！　んごおぉおっ！」

貴子は、もはや愛息の言葉すら耳に届いていない様子である。膣口からドップドップと淫水を垂れ流し、薬漬けの肛悦に溺れてよがり啼いていた。獣の如き叫び声が洗い場の壁に響き、露天風呂の夜空へと吸い込まれていく。

「ああ、ああ……世界で一番愛してるよ、母さんっ……ウゥウ、ウグゥーッ!!」

直人は想いのすべてを白濁液に込め、直腸の最深へと注ぎ込んだ。

すると、その瞬間だけわずかに理性を取り戻したのか、視線は宙を彷徨《さまよ》いながら、貴子も息子への愛を叫んで肛門の激悦に果てる。

「な、直人、愛ひてるっ……これからも、たくさん、愛ひて、イカへて！　イイッ、イヒィイッ……ングゥウウウーッ!!」

マングリ返しで天を向いていた女陰から、間歇泉の如きアクメ潮が噴き上がる。

電気ショックを受けているような腰の痙攣でそれは撒き散らされ、直人と三人の女たちに降り注いでいった——。

エピローグ

貴子とのアナルファックで、露天風呂の貸し切り時間を使い果たしてしまい、一同は自分たちの部屋に戻って淫らな肉宴を続けた。

部屋にはクイーンサイズのベッドが二つ並んでいる。浴衣を脱ぎ、下着を脱ぎ、丸裸になって片方のベッドに直人が上がれば、女たちもそれに続く。温泉では貴子に譲った房恵と真紀が、いよいよ私たちの番だと目の色を変え、直人に覆い被さってきた。

媚薬オイルの効果で、ペニスは未だ勃《た》ちっぱなしである。房恵が陰嚢を揉みほぐしながら裏筋をレロレロと舐め、真紀は亀頭をしゃぶり立てた。

お湿り程度でダブルフェラは切り上げられ、房恵が騎乗位で、すでにトロトロに蕩けていた肉壺で屹立を呑み込み、いきなりの全力ストロークで抽送する。真紀は、直人の顔にまたがり、顔面騎乗のクンニをせがんできた。

「はふぅん、いいい、いいわぁ……そ、そう、クリを、もっといじめてっ」

直人は、ボディソープのフローラルな香りと、牝穴から溢れ出す恥臭にむせ返りつつ、ずる剝けの肉芽を舌先でなじり、少々強めに前歯を食い込ませる。好き者の女教師は腰を震わせ、蜜にまみれた割れ目を直人の顔になすりつけた。

「はぁ、はぁ、あぁ、房恵さん、すみませんが早く代わってください……確か乳首が弱いんですよね？」

「待ってっ……ああ、それはダメ、塗らないでぇ」

直人の視界は美臀に遮られていたが、どうやら真紀は、房恵の胸の突起にあの媚薬オイルを塗りつけたらしい。元々乳首の感度が高い房恵は、ジンジンと脈打つ掻痒感にたまらず悲鳴を上げる。直人が手を伸ばし、手探りで乳首をつまむと、房恵は甲高《かんだか》い媚声と共に嵌め腰を狂わせた。

「んひぃいぃ！　直くん、あぁぁ、もっと強くウゥ！　爪を立てて、押し潰してっ……お、ほおっ、イクッ、イクッ、イックうぅぅ!!」

仰け反るように房恵が倒れ、若勃起が蜜壺からズルンッと抜け落ちるや、今度は真紀が、直人の腰に着座する。ペニスの根元まで一気に呑み込まれ、プリップリの膣肉が強烈に締め上げてくる。

真紀は、自分もアナルを試してみたいと告げてきた。騎乗位から対面座位に移行すると、とりあえずは様子見ということで、直人は媚薬オイルをまとわせた中指を、彼女の肛門に潜り込ませる。

「あうぅ、い、今は、指一本で限界っぽいわ……でも、思っていたよりずっと気持ちいい……両方の穴が、あ、あ、あぁ……！」

極太のペニスで膣路を、中指でアヌスの裏門を擦り立てれば、真紀はアヘ顔を晒して瞬く間にオルガスムスを迎えた。

「んおぉ、おーッ、おうーッ……ひぃぃ、二本責め、凄いわ……おふぅ、イクッ、ううぅ、オマ×コとお尻の穴で、いいいっ、イッグううぅん!!」

「うぐぐ、し、締まるっ……ぼ、僕も、オオォウッ!!」

直人もアクメに達し、やや水っぽくなった樹液を肉壺に注ぎ込む。しかし、勃起は一向に鎮まらない。隣のベッドでは、連続のアナル絶頂でぐったりしていた貴子が、直人たちの3Pに嫉妬と淫気を高ぶらせ、いつしか自らの恥裂を指でまさぐっていた。

「あう、くうぅん、直人ぉ、あのオイルのせいでアソコがまだジクジクしてるのぉ」

直人はすぐさまベッドを移動し、貴子と交わった。燃えるような熱を帯びたミミズ千匹の膣襞を、張り出した雁エラでかんなの如く削り立てる。

貴子の次はまた房恵、そして真紀——女たちは何度満足しても、自分以外の女の乱れる姿と嬌声に煽られ、撒き散らされる淫気にほだされて、再び交尾を求めた。

直人は、あらかじめ用意しておいた強精ドリンクをがぶ飲みし、媚薬オイルが空になるまで肉棒に塗りたくって、発情期の獣と化し、女たちの穴に嵌め続けた。東の空が白む頃まで――。


午前十一時にホテルをチェックアウトした一行は、温泉街に建ち並ぶ店々を再び巡って――今度は四人一緒に、淫らなプレイもなしで――土産物を買い、昼食も済ませてから帰路に就いた。

直人は、車を運転する貴子に言う。「母さん、寄ってほしいところがあるんだけど、いいかな？」

「ええ、構わないけれど――ここから近いの？」

「うん」と頷き、直人は目的の場所を説明した。

車で十分ほどの距離に、この辺りで一番大きな駅がある。その駅には隣接するショッピングモールがあり、直人はそこに母を連れていきたかったのだ。

ほどなく到着し、近くの駐車場に車を停めてもらう。ショッピングモールの地下へと、直人は皆を先導した。

駅とも繋がっている地下通路には大きな広場があり、昼過ぎの今、多くの人が行き交っている。温泉観光地が近いだけあって、外国からの旅行者と思われる人たちもよく見かけた。

その片隅に、一台のピアノが設置されていた。誰でも自由に弾いていいという、いわゆるストリートピアノである。直人は貴子に言った。

「ねえ、これ、弾いてくれない？　久しぶりに母さんのピアノが聴きたいんだ」

直人と貴子が住むマンションのあの部屋にピアノはない。アップライトピアノでもそれなりに場所を取るし、演奏をすれば近所迷惑になるかもしれないからだ。

直人が貴子のピアノを聴いたのは、まだ父が生きていた頃。フリーのピアニストとして活動していた貴子がレストランで演奏しているのを、父に連れられて見に行ったのだった。

しっとりとしたジャズの音色《ねいろ》は、子供の直人の耳にも心地良く響き――

薄暗い店内で、ランプの仄かな灯りを浴びながら演奏する貴子の姿は実に美しく、まるで女神か妖精の如く幻想的だった。

そのとき直人は、母を一人の女性として意識する。初恋に目覚めた瞬間だった。

しかしその後、父が亡くなり、貴子はピアノ講師となって、人前で演奏することはなくなった。直人はそれ以来、貴子のピアノを聴いていない。

「え、今、ここで弾いてほしいの……？」と、貴子は戸惑った。

ピアノ講師を務《つと》めるうえで、自主的な練習は今でも続けているという。だが、こんな大勢の人がいる場所で演奏するのは本当に久しぶりのようだ。

音楽教室というと、生徒たちのための発表会が定期的に開かれ、そこで講師たちが演奏するプログラムもあったりする。ただ、貴子が担当している大人向けのコースでは、発表会は開かない方針だそうだ。大人の場合、大勢に見られながら演奏するのを恥ずかしがる者が子供以上に多く、中には「ここの音楽教室は発表会がないから安心して続けられます」という生徒もいるらしい。

また、社会人の生徒なら、仕事の都合で参加できないというケースも当然ある。つまりは人が集まりにくいので、それならいっそ発表会をやらないということにしているそうだ。

「ああ、なんだか緊張するわ」躊躇いがちに椅子に腰かける貴子。「それで……弾いてほしい曲はあるの？」

「ううん、母さんの好きな曲でいいよ」

貴子は鍵盤に向き合い、大きく深呼吸をする。頬が艶めかしく色づいていた。真紀がこそっと直人に耳打ちしてくる。「もしかして、羞恥プレイをしているの？」

「いや、違いますよ」と、苦笑いをして直人は首を振った。

そして演奏が始まる。落ち着いたジャズの調べが、地下通路の広場にそっと響いた。なめらかに軽やかに鍵盤を叩く、白魚の如き貴子の指。

最初、聴いているのは直人たちだけだった。だが、ピアノの音色に気づいて足を止める者たちが次第に増えていく。

徐々にピアノの周りに人が集まり、やがては三十人ほどの聴衆に囲まれた。スマホのカメラで動画を撮り始める者も現れる。

「い、いいの、直くん……？」房恵が心配そうに言った。「あれ、ＳＮＳとかに流されちゃうかもしれないわよ？」

「ううん……まあ、いいんじゃないですか。母さんの演奏をたくさんの人が聴いてくれるかもしれないし」

演奏が終わると、老若男女の聴衆が惜しみない拍手を送ってくれた。ほんの一曲、五分程度の間にこれだけの人が集まったので、貴子は目を丸くして驚く。同時に、とても嬉しそうだった。

「……ねえ母さん、お願いがあるんだ」

直人は、貴子のそばに寄って話しかける。

「僕が大学を卒業して、社会人になったら、またアーティスト活動を始めてくれないかな？　もちろん、母さんにその気があったらの話だけど」

貴子は目を見開き、直人を見つめた。「え……ど、どうして？」

「母さんのピアノが好きだから。音色はもちろんだけど、弾いている姿も」

母に恋をした瞬間が、あのときの光景が直人の脳裏に蘇る。

「お客さんの前でピアノを弾いてるときの母さんは、本当に綺麗だよ。僕は、そんな母さんをもっと見たいんだ」

そう思うのは、きっと直人だけではない。

今、ピアノの周りに集まっている人々は、すでに演奏は終わったというのに、誰一人、立ち去ろうとしなかった。拍手はやんでいたが、皆、次の曲を期待して、貴子に熱い視線を注いでいる。

静かなアンコールに、貴子は息を呑み、頬を赤くした。

だがそれは羞恥ではない。緊張でもない。

喜びに心を高ぶらせているのだと、直人にはわかった。

貴子は、直人に向かって柔らかに微笑む。小声で言った。

「ありがとう……ええ、よく考えてみるわ」

そして鍵盤の上に、左右の五指をふわりと載せる。

一本一本の指が踊るように動きだし、次の曲が始まった。人々は心地良さそうに聴き入り、さらに人が集まってくる。

まるでミニコンサートのような状況に、貴子は少しも臆することなく、ますます熱の入った演奏を披露した。その顔はいつにも増して美しい。演奏を聴いてもらえるのが嬉しくて仕方ないとばかりに、歓喜が表情に溢れ出ていた。

曲が終わると、先ほど以上の拍手が上がる。直人は自分のことのように感動した。

(凄い……やっぱり僕の自慢の母さんだ)

込み上げる衝動にあらがえず、直人は、貴子の横顔に唇を寄せる。

上気した頬にチュッと口づけを捧げた。愛してるよと、耳元に囁く。

それを見た人たちは一瞬戸惑いの様子を見せた。が、やがて年の離れた恋人同士だと理解したのか、さらに大きな拍手と歓声を上げる。

「ちょっ、ちょっと、直人ったら……もうっ」

さすがにはにかんで顔を真っ赤にする貴子。そんなところがまた可愛いと直人は思った。

「ほら、僕のことより、聴いてくれた人たちにお礼をしないと」

直人がそう言うと、貴子はハッとして立ち上がり、あたふたと聴衆に向かってお辞儀をする。小学生くらいの女の子の集団が「アンコール、アンコール！」と声を上げた。周囲の大人たちもそれに続く。

貴子は最後にもう一曲弾いた。有名なアニメ映画の主題歌をジャズ調にアレンジした曲だった。先ほどの女の子たちは、言葉どおり飛び跳ねて喜んでいる。

（母さんをここに連れてきて本当に良かった）

幸せそうにピアノを奏でる貴子を眺め、直人は改めて思った。これが僕の大好きな母さんだ、と。

血が繋がっていないとはいえ、親子である以上、結婚することはできないだろう。だが、それでも構わないと思う。美しく優しい母をこれからも愛し続けられるなら、生涯〝独身〟だろうと平気だった。

直人は幼い頃から——そしておそらくは一生、この母の虜《とりこ》なのだから。

（了）

※本作品はフィクションです。作品内に登場する
団体、人物、地域等は実在のものとは関係ありません。

淫《みだ》らママのとりこ

〈書き下ろし長編官能小説〉

2021年2月15日初版第一刷発行

著者……………………………………………九坂久太郎

デザイン…………………………………………小林厚二

発行人……………………………………………後藤明信

発行所…………………………………………株式会社竹書房

〒102-0072　東京都千代田区飯田橋2－7－3

電　話：03-3264-1576（代表）

03-3234-6301（編集）

竹書房ホームページ　http://www.takeshobo.co.jp

印刷所……………………………中央精版印刷株式会社

定価はカバーに表示してあります。

乱丁・落丁の場合は当社までお問い合わせください。

ISBN978-4-8019-2546-5 C0193

©Kyutaro Kusaka 2021 Printed in Japan

好評既刊

長編官能小説
ぼくの熟女研修
鷹澤フブキ 著

女だらけの会社に就職した青年の前で美人上司たちは淫らに発情し快楽の研修を…。職場のお姉さんハーレム長編。

726円

長編官能小説
巨乳嫁みだら奉仕
梶 怜紀 著

田舎暮らしを送る男は二人の息子の嫁をはじめ巨乳美女たちに肉体ご奉仕を受ける日々を送る。快楽の嫁ロマン！

726円

次回刊行案内

長編官能小説 —書き下ろし—
汁だくスーパー銭湯（仮）
上原 稜 著

俊英が描く淫らすぎる銭湯サービス！
2021年2月15日発売予定!!

スーパー銭湯で人妻を男根でしっぽり癒す青年…！

726円